KB004431

오늘부터
성장할
나에게

인생을
제대로 사는
100가지 방법

오늘부터
성장할
나에게

Better things are coming

김새해 지음

필름

인생은 단 한 방으로
결정되는 것이 아닙니다.

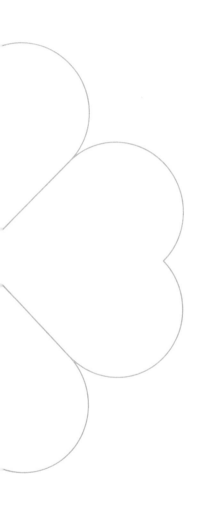

꾸준히 쌓인 선택들이 모여
당신의 삶을 만들게 됩니다.

그러니 당신에게 좋은 선택을
하시길 바랍니다.

당신은 충분히 잘해왔고
앞으로도 잘할 겁니다.

CONTENTS

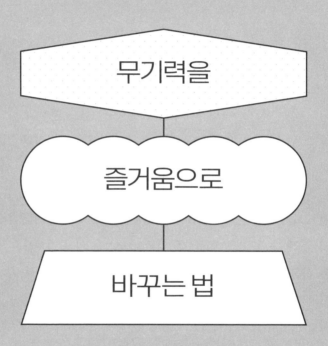

Part 1

무기력을

즐거움으로

바꾸는 법

아침에 일어나 5분 동안 누워있기

'어느새 아침이네. 더 자고 싶다.' '오늘 출근을 꼭 해야 하나?' 하는 순간들이 있습니다. 자고 일어났는데도 왠지 모르게 무기력하고 온몸이 물에 젖은 솜이불처럼 느껴집니다. 하루를 시작하기도 전에 이미 지친 상태입니다.

이럴 때 저는 5분 동안 침대에 가만히 누워있습니다. 단, 2가지 전제 조건이 있습니다. 첫째, 커튼을 활짝 열어둘 것. 둘째, 눈을 뜨고 있을 것. 일본의 정신과 의사 가바사와 시온은 이런 단순한 행동이 세로토닌의 활성화를 돕는다고 설명합니다. 지휘자가 지휘봉을 휘둘러 연주를 시작하는 것처럼 햇빛의 자극은 망막을 통해 뇌 전체에 퍼지고, 분비된 세로토닌은 뇌를 시원하게 깨워줍니다.

머리가 개운해지면 침대에서 일어나고 싶은 힘이 생깁니다. 세로토닌 분비는 해가 뜰 때 활발하고 오후에서 밤이 되면 점점 줄어든다고 하니, 아침 시간에 꼭 세로토닌 분비를 도와주세요. 아침에 일어나는 것이 쉬워지고, 점점 더 사는 것이 즐거워집니다.

스마트폰
무음모드로 바꾸기

세상은 분명 예전에 비해 더 빠르고 편리해졌는데 무기력한 사람들이 늘어나고 있습니다. 왜 그런 걸까요? 우리는 이 대화에서 힌트를 얻을 수 있습니다.

"어느새부터인가 외출하는 것도 귀찮고, 그냥 누워서 스마트폰이나 보는 게 편하더라고."

"나도 그래. SNS랑 유튜브, 넷플릭스 얼마나 재미있는데…. 아마 난 못 끊을 것 같아. 어제도 잠을 제대로 못 잤어."

이런 대화 많이 들어보셨죠? 우리는 습관적으로 스마트폰을 봅니다. 시간과 에너지는 한정되어 있는데 현대인은 하루 평균 2,600번씩 스마트폰을 터치한다고 합니다. 운동할 시간은 없어도 스마트폰은 보고, 사람들을 만나기보다 멍하니 스마트폰을 봅니다. 한참 스마트폰을 보다 보면 언제 시간이 이렇게 흘렀는지 깜짝 놀랍니다.

"잠깐만, 내가 지금 뭐 하고 있었더라? 정신이 없네."

스마트폰은 우리의 주의를 흩트리는 데 결정적 역할을 합니다. 이런 날들이 계속되면 기억력과 집중력이 떨어져 실수가 생기기도 합니다. 어느새 컨디션은 늘 안 좋고, 배는 볼록 나오고 무기력하게 누워서 지내는 게 마음 편한 사람이 되는 것입니다.

저는 빠르게 성장한 젊은 사업가 여러 명을 알고 있는데, 이들의 공통점은 연락이 바로 안 되는 것이었습니다. 그들은 집중해야 하는 시간에 비행기모드, 무음모드 등을 사용합니다. 스마트폰이 집중력을 방해하지 못하게 하는 것입니다. 그중 한 명은 이렇게 답하더군요.

"전 퇴근할 때 차에다 스마트폰을 두고 내려요. 일주일에 하루는 날을 정해 스마트폰을 쓰지 않아요. 그랬더니 비로소 책 볼 시간, 운동할 시간, 사색하고 계획할 시간이 생겼고 엄청나게 성장했어요."

아이폰과 아이패드를 만든 스티브 잡스는 산책하며 회의하는 것을 고집했습니다. 또한 자신의 아이들에겐 전자기기를 가까이하지 않는 환경을 만들었습니다. 빌 게이츠는 아이가 14살이 될 때까지 스마트폰을 금했습니다. 특히 집 식탁에서는 스마트폰을 사용하면 안 된다는 규칙을 만들었습니다. 그렇다면 우리는 어떻게 스마트폰을 적절히 사용할 수 있을까요? 정신과 의사이며 과학저술가인 안데르스 한센은 이렇게 조언합니다.

"지금 가지고 있는 스마트폰의 설정으로 들어가 모든 푸시 알림을 꺼보세요. 그리고 스마트폰을 흑백톤으로 바꾸는 겁니다. 운전하거나 집중해야 하는 중요한 순간에도 스마트폰을 무음으로 바꿔보세요. 집중력이 필요한 일을 한다면 옆에 스마트폰을 두지 않는 습관을 가져보세요."

하루 20분
빠르게 걷기

노력해도 안 될 때 참 무기력해집니다. 돈 벌고 싶어서 열심히 애쓰는데 얄팍한 은행 잔고를 보면 더욱 속상하지요. 노력했는데 성과가 빠르게 나지 않는다는 느낌이 들 때 제일 효과 좋은 방법은 뭘까요? 저는 바로 운동이라고 생각합니다. 그중에서도 하루 20분을 빠르게 걷거나 달리는 겁니다.

과거의 저는 늘 일에 치여 살았습니다. 노력하면서도 늘 불안한 마음이 있었어요. '내가 과연 잘될 수 있을까?' 하는 걱정도 했고요. 작은 실수라도 한 번 하면 밤새 속상해하고, 다음 날 일에도 지장이 있을 정도였어요. 그러다 보니 운동할 생각은 하지도 못하고 누워서 유튜브나 SNS를 보는 시간이 길었죠.

그런데 하루 20분 빠르게 걷기를 하면서 삶이 훨씬 좋아졌어요. 저 같은 경우 출근길 아침 10~15분 빠르게 걷고, 점심때 10분 걷고, 퇴근하면서 5~10분 빠르게 걷습니다. 그런 방법으로 빠르게 걷는 것을 습관화하니 큰 노력을 기울이지 않고도 일을 더 잘하게 되는 것 같아요.

정신과 의사 안데르스 한센이 TED에서 발표한 연구 결과를 공유할게요. 일반인 100명을 대상으로 1년간 진행한 해마 관찰실험이 있어요. 두 팀으로 나눠 진행했습니다. 한 팀은 스트레칭을 매주 3회 40분씩 했고, 다른 팀은 매주 3회 빨리 걷기를 40분씩 했다고 합니다. 그리고 1년이 지나 해마의 크기를 체크했습니다. 스트레칭 그룹의 해마 크기는 1퍼센트가 감소했습니다. 매년 1퍼센트가 감소하니 잃은 것은 하나도 없지요. 그런데 빨리 걷기팀의 해마 크기는 무려 2퍼센트나 증가했습니다.

운동을 했더니 1년간 자연스레 늙은 것이 아니라 2년이 더 젊어진 것입니다. 1년간 실험 후 기억력 테스트의 결과는 더욱 놀라운데요. 스트레칭 그룹은 기억력이 변함없었고, 빨리 걷기 그룹은 공간 기억 및 창의력이 50퍼센트나 증가했다고 합니다. 빠르게 걷는 유산소 운동이 뇌 속에서 새로운 신경세포를 만들어내기 때문입니다.

운동은 몸만 최적화하는 것이 아니라 뇌를 최적화하는 최고의 방법입니다. 꾸준히 움직이는 사람은 신체와 뇌를 최적화할 수 있으며 훨씬 더 젊고 건강하게 살 수 있습니다.

그러니 오늘 단 한 번이라도 빠르게 걸어보세요. 더 밝고 젊어진 건강한 나를 만나게 됩니다.

목표 정하기

당신은 당신이 원하는 곳 어디든 갈 수 있습니다. 당신이 원한다면 인생이라는 게임에서 승리할 수 있습니다. 그러나 이것보다 앞서 해야 하는 것이 있습니다. 바로 당신의 목표가 무엇인지 분명하게 아는 것입니다. 원하는 것을 떠올려보세요. 그리고 그것을 종이 위에 적어보세요. 이런 단순한 행동이 당신이 목표를 이루는 데 필요한 모든 정보와 운을 끌어당기게 해주는 시작점이 될 것입니다.

아인슈타인은 무엇이든 움직이지 않으면 아무 일도 일어나지 않는다고 했습니다. 만약 당신이 이 책에 당신의 목표를 적지 않는다면 아무 일도 일어나지 않을 것입니다. 하지만 목표를 적고 뇌의 잠재력을 깨운다면 성공한 사람이 되어 인생을 즐길 수 있겠죠.

당신의 뇌는 당신이 쓴 문장에 따라 필요한 정보들을 수

집하게 됩니다. 이는 당신이 경험한 모든 과거의 기억들과 현재 겪고 있는 상황 속에서 꿈을 현실화할 힌트와 정답들을 수집하는 것입니다. 당신이 목표가 담긴 문장들을 완성할 때 당신의 뇌는 잠재된 능력을 발휘할 수 있게 됩니다.

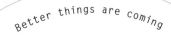

Better things are coming

미래의 나는 어떤 모습으로든 존재하고 있을 것입니다. 그러니,
기왕이면 멋진 모습으로 존재할 수 있도록 당신의 목표를 적어보세요.
이 작은 행동을 시작하는 것에서부터 새로운 삶이 시작됩니다.
기억하세요, 당신의 삶에 더 좋은 것이 오고 있습니다.

'있다' 찾기

'하필 그때 왜 그랬지?' '아, 그렇게 하면 안 됐는데.' 하는 순간들이 있습니다. 그럴 때면 내가 미워지고, 사랑하는 사람에게 괜히 짜증을 냅니다. 이럴 때 기억하면 좋은 늙은 체로키 인디언의 이야기가 있습니다. 할아버지가 손자에게 말한 이야기인데요.

"인생의 모든 선택은 마음속 늑대 두 마리의 싸움이란다. 한 마리는 분노, 질투, 탐욕, 두려움, 거짓말, 불안, 자존심이고, 다른 한 마리는 평화, 사랑, 연민, 친절, 겸손, 긍정적 생각이란다. 둘은 매 순간 싸우고 있단다."

손자가 물었습니다.

"누가 이길까요?"

할아버지가 대답했습니다.

"네가 밥을 주는 놈이 이긴단다."

당신이 읽고 듣고 주의를 집중하고 반복해 생각하는 것이 모두 늑대의 밥이 됩니다. 그렇기에 좋은 생각과 좋은 말을 하는 것이 중요합니다. 그래야 좋은 에너지가 나와 좋은 에너지를 가진 사람들을 끌어당기게 되니까요.

"여긴 왜 이렇게 안 좋아? 아, 눈에 안 차네, 별로야. 이게 부족하네, 이게 없어."라는 말을 사용하는 사람의 눈에는 늘 부족함이 보입니다. 입 밖으로 나오는 말은 힘이 있어 당신의 삶을 만들어내는 재료가 됩니다.

그렇다면 어떻게 해야 긍정적 말버릇을 가질 수 있을까요? 바로 '있다' 찾기를 이용해 보시면 됩니다. '있다' 찾기는 단순합니다. 계속해서 "나는 ○○이 있다. 감사합니다."라는 문장을 만들어가는 것입니다. 이 단순한 문장은 당신의 관점을 결핍에서 풍요로 옮겨주는 위대한 힘을 가지고 있습니다. 나침반처럼 낭떠러지로 가는 배를 목적지로 인도해 주는 역할을 하는 것이지요.

내가 가지고 있는 것이 얼마나 많은지 찾아보세요. '있다'를 찾다 보면 어느새 마음이 편안해지고, 행복해집니다. 또 생각보다 자신이 정말 많은 것을 가졌는지 깨닫게 될 것입니다. '있다' 찾기를 딱 일주일만 해보세요. 결국 걱정했던 많은 일들을 해결할 능력이 자신에게 있음을 깨닫게 됩니다.

평소에 당신은 어떤 말을 사용하나요?
당신이 자주 사용하는 말버릇에는 삶이 담겨있습니다.
"나는 ○○이 있다. 감사합니다."라는 문장을 만들어 적어보세요.

미래 시각화하기

2011년, 결혼 후 얼마 되지 않았을 때 면접을 본 적이 있습니다. 기쁜 마음으로 사무직 면접을 보러 갔는데 회사 대표가 제게 이렇게 물었습니다.

"결혼하셨나요?"

"네."

그 뒤 회사 대표가 하는 말이 참으로 충격적이었습니다.

"그럼 임신이라는 장애물이 있겠어요. 알겠습니다."

그 말을 마지막으로 면접은 끝났고, 저는 마음 한편이 아렸습니다.

'임신을 장애물이라고 생각하는 사람도 있구나, 회사 입장에선 나 같은 사람을 원하지 않는구나.'

그 뒤 면접 보는 것이 겁이 났습니다. 임신을 준비 중이었기에 일용직 아르바이트를 하며 지냈습니다. 그러나 생각

처럼 쉽게 임신이 되지 않았습니다. 주변 사람들은 저를 '새
댁' 혹은 '아줌마'로 불렀습니다. 모두 소중한 이름이었습니
다만, 저를 대표할 수 있는 명칭은 아니라고 생각했습니다.

그때 시각화를 하기 시작했습니다. 저는 엄마, 대표님,
작가님으로 불리고 싶었습니다. 책을 쓰고 미술 작품활동
을 하며 사업을 하는 제 모습을 상상했습니다. 만약 내 꿈
이 현실이 된다면 나는 어떤 일들을 하면서 보낼지 떠올렸
습니다.

미래를 미리 영화 속 한 장면처럼 생각하기 시작했습니
다. 아침이 되면 아이들을 돌보는 엄마의 모습을 상상했습
니다. 출근 후엔 직원과 함께 프로답게 일하는 모습을 떠올
렸습니다. 책을 내고, 전시도 하고, 사업체를 운영하며 바쁘
게 사는 하루 일과를 떠올렸습니다.

그중에서 가장 기분 좋은 느낌을 주는 장면은 치열하게
살다 온 가족이 함께 바다로 가는 장면이었습니다. 미래의
저는 언제든 원하는 시간에 바다에 가는 삶을 살았습니다.
노을 지는 바다를 거닐며 행복하게 지내는데 "대표님, 감사
합니다. 덕분에 제가 살았습니다. 돈도 많이 벌게 되고 더
행복하게 살 수 있습니다."라는 고객의 문자를 받는 상상이
었습니다.

저는 이 장면을 이미 이루어진 것처럼 상상했습니다. 상

상할 때마다 기분이 좋았습니다. 그리고 2021년, 10년 만에 그 모든 장면들은 제 삶이 되었습니다. 저는 지금 누적 6,000만 뷰의 자기 계발 콘텐츠 제작자이며, 사업가, 화가, 작가이자 네 아이 엄마로 살고 있습니다. 이 모든 것의 시작은 시각화였습니다.

당신도 원하는 모습을 상상해 보고 푹 빠져보세요. 당신이 원하는 상태가 이미 현실이 되었다면 어떤 느낌일지 상상해 보는 겁니다. 그 느낌이 자연스러워질 때까지 반복해서 상상해 보세요. 그때 마음속 한계가 사라지며 새로운 가능성이 열리게 됩니다. 만약 그렇게 한다면 잠재의식에 새로운 내 모습을 새기게 됩니다. 경력단절녀가 될까 고민했던 내가 아닌, 기분 좋게 삶을 즐기고 성취감을 느끼는 대표가 된 나를 인식합니다. 이것이 시각화에서 말하는 상상입니다.

《바가바드 기타》에는 "마음을 정복한 사람에게 마음은
가장 친한 친구지만, 그러지 못한 사람에게는 자신의 마음이
가장 큰 적이다."라는 구절이 있습니다. 앞으로 당신은 어떤 이름으로
불리며 살고 싶은지 적어보세요. 시각화를 통해 당신이 가진 생각의 힘을
가장 친한 친구로 만드시기 바랍니다.

메일함 비우기

여러분의 메일함은 어떤가요? 텅텅 비어있나요? 아니면 확인도 안 한 메일이 가득한가요? 오늘 하루 1분만 투자해서 읽지 않은 메일을 정리해 봅시다. 스팸메일을 모두 삭제하고, 언젠가 읽을 것이라고 생각했지만 열어보지 않은 뉴스레터들은 과감하게 구독을 취소해 보세요. 깔끔해진 메일함을 바라보는 것만으로도 마음이 개운해집니다. 개운 開運은 좋은 운수가 열리며 행운으로 향해 간다는 뜻이지요. 이런 작은 행동이 좋은 운을 초대한다니, 하지 않을 이유가 없습니다.

1년 넘게 사용하지
않은 물건 버리기

사람마다 각자 맞는 방식이 존재한다고 생각합니다. 그러나 원하지 않는 것들을 모두 끌어안고 사는 삶이 과연 행복할 수 있을까요? 만약 원하지 않는 공간에서 원하지 않는 방식으로 산다면 삶이 당연히 지치고 힘들 것입니다.

그렇다면 아주 작은 것에서부터 능동적으로 내 삶을 만드는 데 적극적으로 참여한다면 어떨까요? 제일 쉽게 할 수 있는 것이 바로 방 정리입니다. 당신의 방을 한번 둘러보세요. 그렇게 많은 물건과 함께 살아갈 이유가 있을까요?

사람들은 혹시 다시 사용할지 모르기 때문에, 추억이 담겼기 때문에, 샀을 때 비쌌기 때문에 등의 이유로 많은 물건들을 쌓아두고 삽니다. 이 안에는 변화를 두려워하는 마음이 있습니다.

돈과 운을 채우는 그릇이 쓸데없는 것들로 가득 차 있

으면 더 이상 담을 수 없게 됩니다. 비워야 더 좋은 것이 오게 되지요. 그러면 어떻게 바꿀 수 있을까요? 우선 제가 했던 가장 쉬운 방법은 1년 넘게 사용하지 않은 물건을 버리는 것입니다. 1년이라는 기준이 명확하기 때문에 빠르게 판단할 수 있습니다. 또 막상 버리고 나면 기분도 홀가분하고, 공간도 더 넓고 쾌적하게 사용할 수 있습니다.

지금까지 물건을 사고, 정리하고, 관리하는 데 너무 많은 에너지를 쏟아왔습니다. 이 모든 시간들을 아껴 내가 원하는 삶을 만들어가는 데 사용해 보세요. 내 집에 내가 딱 좋아하는 것들로만 채워져 있다면 얼마나 행복할까요?

하루 일정
미리 살아보기

인간은 하루에 대략 7만 개의 다른 생각을 합니다. 《감정은 어떻게 만들어지는가》의 저자 리사 펠드먼 배럿은 "당신의 뇌는 세상의 사건에 반응하고 있는 게 아니라 다음에 무슨 일이 일어날지 끊임없이 추측하며 예측한다."라고 말합니다.

뇌는 빨리 감기와 되감기를 하면서 과거에 내가 경험한 것을 바탕으로 오늘의 생각을 채우고 미래를 예측합니다. 그렇다면 어떻게 해야 내가 원하는 방향으로 움직일 수 있을까요? 어떻게 해야 내가 두려워하는 삶이 아닌 원하는 삶으로 갈 수 있을까요?

빈털터리에서 5년 만에 6,000억 자산가가 된 켈리 최 회장님은 아침에 일어나면 반드시 시각화를 하라고 말합니다. 이는 오늘 하루를 가장 이상적으로 보내기 위해 첫 단추를 꿰는 일입니다.

아침 시각화는 상상을 통해 오늘 하루를 미리 살아보는 것입니다. 내가 원하는 이상적인 방법으로 일이 진행되는 모습을 상상해보세요. 내가 오늘 할 일과 대화할 내용들, 고객이나 거래처와 서로 웃으며 악수하는 모습까지 시각화하세요. 미리 산다는 것은 오늘의 우선순위와 목표를 정확하게 합니다. 아침 시각화는 제일 급하고 당장 해야 하는 일의 우선순위를 정하는 데 도움이 됩니다. 그렇게 하면 하루하루를 효율적이고 성공적으로 이끌 수 있는 힘이 생깁니다.

아침 시각화의 핵심은 큰 꿈을 이루는 데 필요한 요소를 아침에 받아들여 긍정적인 잠재의식을 발현시키는 것입니다. 목표에 방해되는 요소들을 차단시키고 삶을 건강한 에너지로 가득하게 만들어보세요.

인생이
당신에게 원하는
단 한 가지 알기

우리는 살면서 평안할 때도 있지만 고통받을 때도 있습니다. 실수를 연달아 해서 나 자신이 밉기도 하고, 내가 가진 나쁜 점이 도드라져 보일 때도 있습니다. 한계가 보이면 절망하기도 하고, 실패의 두려움에 꽁꽁 숨어버리기도 합니다. 우리는 왜 태어났고, 무엇을 위해 사는 걸까요? 인생은 우리에게 무엇을 원하는 걸까요?

노자는 모든 인간은 그 자체로 완벽한 존재라고 말했습니다. 하지만 우리는 평생 비교하고, 긴장하고, 눈치 보고, 달려나가 싸워 이기도록 교육을 받았습니다. 그러다 보니 자신이 얼마나 소중한 존재인지 잊어버리고 삽니다. 내 존재 자체에 대해서 평가절하합니다. 주변의 비난과 날카로운 시선을 아무런 비판 없이 있는 그대로 받아들입니다.

저 또한 오랜 시간 자신을 미워하며 살았는데요. 아무

리 오래 미워해 봐야 얻는 것은 폭삭 늙은 몸과 마음, 만성 소화불량, 불면증, 우울증, 거식증, 폭식증, 대인기피증뿐이었습니다. 자신을 미워하는 건 더 나은 삶을 사는 데 아무 도움도 되지 않았습니다.

이 세상 누구도 자신의 귀함을 인정하지 않고서는 새롭게 시작할 수 없습니다. 인생을 즐겁게 살고 싶다면 하루 한 번씩 거울을 바라보며 "넌 참 잘하고 있어."라고 말해줘야 합니다. 평생 자신을 미워하며 경쟁하는 관계로 산다면 슬픈 일입니다. 자신을 믿어주고 격려해 주세요. 자신을 아껴주고 있는 그대로 사랑해 주세요. 그것이 바로 인생이 당신에게 원하는 한 가지입니다.

하루에 하나씩 마음챙김　TO DO LIST

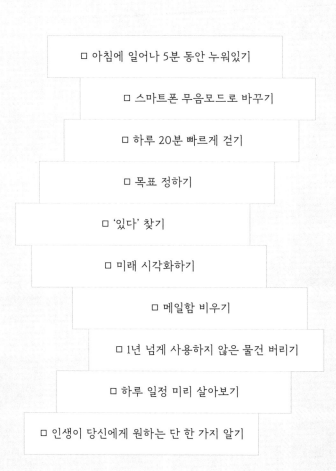

☐ 아침에 일어나 5분 동안 누워있기

☐ 스마트폰 무음모드로 바꾸기

☐ 하루 20분 빠르게 걷기

☐ 목표 정하기

☐ '있다' 찾기

☐ 미래 시각화하기

☐ 메일함 비우기

☐ 1년 넘게 사용하지 않은 물건 버리기

☐ 하루 일정 미리 살아보기

☐ 인생이 당신에게 원하는 단 한 가지 알기

Part 2

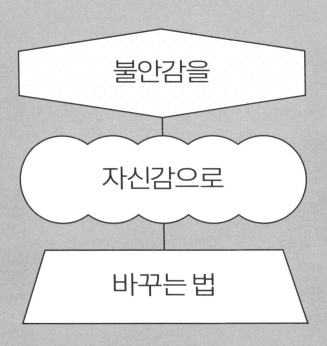

불안감을

자신감으로

바꾸는 법

기지개하기

저는 가족의 사업 실패로 20대에만 이사를 15번 넘게 하며 살았습니다. 그러다 보니 30개가 넘는 직업까지 경험해야 했습니다. 어렵게 취직한 아르바이트 자리를 두고 제 의지와 관계없이 빚쟁이에 쫓겨 도망치듯 이사를 가야 하는 삶의 무게는 버거웠습니다.

'어디서 자지? 뭘 먹지? 지금 돈이 얼마나 남았지?'

전국을 떠돌며 살 때 했던 생각입니다. 일하면서 하도 배가 고파 일부러 식당에서 일을 했습니다. 식당 일은 힘들었지만 밥을 주기 때문에 배가 고프지 않아 좋았습니다. 한 번은 식당에서 일하며 매일 아침 양파를 다듬었는데요. 아무리 오래 해도 익숙해지지 않았습니다.

모자를 쓰든, 안경을 쓰든, 누가 알려준 대로 입에 양파한 조각을 물고 하든 양파가 매운 건 마찬가지였습니다. 주방 아주머니와 저 모두 두 눈이 붉게 충혈되어 울면서 양파 껍질을 까곤 했지요. 일하다 서로를 쳐다보면 틀림없이 울고 있어서 함께 웃은 적도 많았습니다.

식당은 주말 저녁이면 정말 바빴습니다. 설거지는 과장 조금 보태서 제 키 높이만큼 쌓여있었습니다. 그런 날 정신 없이 일하고 집에 가면 머리부터 발끝까지 온몸이 음식 냄새로 가득 배어있고, 마디마디가 다 아팠습니다. 그리고 불안했습니다. 언제까지 떠돌이 생활을 계속해야 할지 알 수 없었기 때문입니다. 그러나 내가 어쩔 수 없는 것을 바꾸려 하기보다 내가 할 수 있는 것부터 하나씩 바꿔가기 시작했습니다.

그중 하나가 기지개입니다. 기지개는 노동일로 어깨가 뭉치거나 식당 부엌처럼 좁은 공간에 있을 때도 언제 어디서든 쉽게 할 수 있었습니다. 마음대로 안 되는 세상에서 몸을 쭈욱 뻗으며 저도 모르게 많은 힘을 얻었습니다. 누군가 제게 "기지개 하나로 인생이 변할까요?"라고 묻는다면 "한 번의 기지개가 당신을 경직에서 탈출시켜줍니다."라고 말하고 싶습니다.

딱 한 번이라도 좋으니 의식적으로 팔을 하늘 위로 쭈욱 뻗어보세요. 가슴이 펴지며 복잡했던 머리가 가벼워집니다. 그렇게 하루하루 살다 보면 '내가 생각보다 참 강한 사

람이구나.'라는 사실을 알게 되며 새로운 기회를 만나게 됩
니다.

견과류 식탁에
올려 두기

예전에는 바빠서 제대로 밥을 챙겨 먹지도 못했습니다. 늘 목이 마르고, 배가 고픈 상황이었어요. 게다가 주머니 사정이 넉넉지 않다 보니 아끼고 싶은 마음에 무조건 가격이 싼 음식을 먹었습니다. 유통기한이 얼마 남지 않아 할인하는 음식이나 편의점 김밥, 라면, 빵으로 많이 때우곤 했습니다. 제 20대의 꿈 중 하나가 "돈 많이 벌어 전 세계 컵라면을 종류별로 다 사 먹어야지!"였습니다. 그 정도로 라면을 좋아하고, 고마워했습니다.

하지만 이제는 예전처럼 인스턴트 음식을 자주 먹지 않습니다. 무엇을 먹느냐가 건강에 큰 영향을 미치는 것을 알았기 때문입니다. 간편하지만 영양이 부족한 인스턴트를 자주 먹으면 면역력이 떨어지면서 여기저기 아프다는 사실을 깨달았습니다.

"음식이 약이 되게 하고, 약이 그대의 음식이 되게 하라."

고대 의학자 히포크라테스의 말입니다. 매일 먹는 음식만 조금 바꿔도 몸이 훨씬 좋아진다는 뜻입니다. 행복호르몬 세로토닌은 뇌에서 10퍼센트가 만들어지고 90퍼센트는 장에서 만들어집니다. 불안한 마음이 들 때 자극적인 음식 대신 견과류를 먹어보세요. 견과류는 세로토닌을 만들어내는 핵심 원료로 집중력과 기억력을 높여주는 노르아드레날린을 충전하는 데에도 도움을 준다고 합니다.

일일이 챙겨 먹기 귀찮다면 견과류를 사서 식탁에 올려두세요. 눈에 보이면 언젠가는 먹게 되고, 견과류로 할 수 있는 요리를 떠올리다 보면 자연스럽게 자주 먹게 됩니다. 이런 작은 습관들이 하나씩 모여 삶을 훨씬 더 좋게 만들어줍니다.

좋아하는 취미 찾기

정신없이 회사를 다닐 때의 일입니다. 쥐꼬리만 한 월급, 마음에 들지 않는 직장동료, 원하지 않는 도시에서의 삭막한 하루, 이런 상황을 벗어나지 못하는 나, 생각만 하면 숨이 막혀 오는 불안한 미래, 이것이 내가 답답했던 주된 이유였습니다.

　어느 날부터 저는 거울도 쳐다보지 않았습니다. 스트레스를 받으면 배가 아릴 정도로 매운 음식을 먹는 데다 불규칙한 식습관으로 입가 주변에는 무엇이 두둘두둘 잔뜩 돋아있어서 꼴 보기 싫었습니다. 특히 저는 제 눈을 보기 싫었습니다. 생동감이라곤 하나도 없는 지친 눈은 마치 어디로 끌려가는 사람 같아 보여 싫었습니다. 늦은 저녁 퇴근길, 전철에서 우연히 창에 비친 제 모습을 보고 놀랐습니다.

　'맙소사, 내가 왜 이런 눈빛을 하게 된 거지?'

저는 그제야 전철 창을 통해 비친 제 눈을 바라보았습니다. 당장 내일 죽어도 이상하지 않은 듯한 얼굴이었습니다. 대학에는 입학했지만 집안 사정으로 인한 잦은 이사와 무리한 아르바이트로 제 얼굴은 완전히 풍파에 찌들어 버렸습니다. 저는 오랜 시간 가족에게 별 도움이 되지 않는 능력 없는 저 자신을 미워하며 살았습니다. 그런데 그날만큼은 제 모습이 딱해 보였습니다.

남들은 20대가 가장 빛나는 시기라는 데 제 20대의 대부분을 고통과 눈물로 보낸 것 같았습니다. 당시 저는 서른 살에 죽고 싶다는 어리석은 꿈을 가지고 있었습니다. 사는 게 너무 힘들어서 막연히 생각한 소원이었습니다. '그렇다면 2년밖에 남지 않았는데 나는 뭘 해야 할까?'라고 생각하다 뭘 하지 않으면 가장 후회할지 생각했습니다. 언뜻 내가 가지고 있었던 어린 시절의 꿈이 떠올랐습니다.

유치원생, 초등학생, 중학생, 고등학생, 대학생 때도 늘 장래 희망은 화가였습니다. 저는 살 날이 2년밖에 남지 않았으니 그림을 마음껏 그려보겠다고 생각했습니다. 똑같은 삶이었지만 꿈을 기억해 내는 삶은 예전의 삶과는 완전히 다른 느낌이었습니다.

어차피 곧 죽을 건데 내 마음대로 할 거라는 생각에 욕심을 부려 미술 재료를 샀습니다. 그 재료를 사기 위해 몇 달 동안 친구들과 만날 수 없었으며, 심지어 만나더라도 1,000원짜리 음료수 하나를 마실 수 없었습니다. 퇴근 후 잠자는 시간을 아껴서 그림을 그리며 아무리 가까운 사람이라도 차마 말할 수 없었던 답답했던 감정을 다 쏟아냈습니다.

그렇게 작게 시작한 그림의 개수가 많아지자 전시를 하고 싶었고, 전시회를 하자 사람들이 작품을 설명해 달라고 여러 번 물어봐서 고민 끝에 글을 쓰기 시작했습니다. 글로 적어 그림 아래에 붙여놓으면 말하지 않아도 되어 편했습니다. 사는 게 너무 힘들 때 그린 그림들이라 사람들이 물으면 눈물이 너무 쏟아져서 제대로 말할 수 없었습니다.

그렇게 시작한 작은 시도가 제 삶을 완전히 바꿔놓았습니다. 어느덧 네 아이의 엄마이자 40대가 된 저는 아직도 그림을 그리고 글을 쓰고 있습니다. 잠든 아이들을 볼 때마다 내가 서른 살에 죽지 않은 것이 얼마나 다행인가 생각합니다. 이제는 제 삶에 주어진 수많은 축복들을 하나하나 헤아리며 살 여유가 생겼습니다. 저는 당신도 진짜 좋아하는 취미 하나 정도는 가지면 좋겠습니다. 그것이 당신의 삶을 어디로 데려가 줄지는 아무도 모르는 일입니다.

이불에게
고맙다고 말하기

20대에 가족 손에 이끌려 성당 노인 기도회에 참석한 적이 있습니다. 그곳에서 만난 70~80대 할머니들은 매일 아침 눈 뜨는 것이 기적과 같다는 말씀을 하셨습니다. 실제로 노인 기도회에는 장례식 소식이 끊이질 않았습니다.

곧 떠나갈 날을 아는 사람은 남은 하루를 소중히 여겼습니다. 당시 저는 살기 싫어 죽을 것 같던 때였기에 그 말의 깊이를 이해할 수 없었습니다. 그러나 그분들이 삶을 바라보는 관점이 제 것과 비교해 훨씬 더 좋게 느껴졌습니다. 그때부터 어떻게 하면 아침에 눈 뜨는 것이 기적처럼 느껴질지를 고민했습니다.

그러다가 30대에 우연히 보게 된 루이스 헤이의 책에서 힌트를 얻었습니다. 세계적인 영성가 루이스는 자신의 책 《치유》에서 아침에 일어나면 침대와 베개를 향해 고맙다고 말하라고 합니다.

"베개야, 이불아, 덕분에 편안히 잘 수 있었어. 고마워."

저는 태어나서 단 한 번도 이부자리에 고마워한 적이 없었습니다. 그런데 10초면 할 수 있는 이 작은 감사 문장을 외운 이후로는 많은 변화가 생겼습니다. 화가 많이 줄고, 작은 행복이 많아졌습니다. 나에게 포근한 잠자리를 제공해준 방과 침구가 소중하게 느껴지며 웃을 일이 점차 늘었습니다.

하루를 감사로 시작해서 출근을 준비하면, 밖에 나와 만난 하늘도 나를 향해 고맙다고 말해주는 것 같았습니다. 여러분도 일어나면서 베개와 이불을 향해 고맙다고 말하면서 안아보세요. 불안한 마음이 사라지고 감사한 마음으로 하루를 시작할 수 있습니다.

좋은 점 찾기

한 유기견은 몇 년 동안 털이 자라서 눈앞이 보이지 않을 정도였다고 합니다. 그런데 봉사자가 이발을 해주고 나서 보니 너무나 아름다운 금빛 눈을 가지고 있었습니다. 그 눈을 본 사람들은 감탄했습니다. 곧 강아지는 자신을 진심으로 사랑해 줄 새로운 가족을 만날 수 있었습니다.

당신이라면 그렇게 아름다운 눈을 가리고 있는 유기견의 털을 다듬어주고 싶지 않은가요? 마찬가지입니다. 당신의 장점을 가린 비판의 털을 잘라내세요. 그리고 감춰진 금빛 장점이 잘 보이도록 도와주세요. 기억하세요, 당신은 장점이 많은 사람입니다.

뇌 속이기

미네소타대학의 마이어스—레비 교수는 천장 높이가 각각 3미터인 방과 2.4미터인 방에 학생 50명씩을 들여보내고 창의성 문제지를 풀게 했습니다. 결과는 평균 25퍼센트가 넘는 창의적 답변들이 천장이 높은 방의 학생들에게서 나왔습니다.

캘리포니아 에너지 위원회는 미국 초등학생 21,000명을 대상으로 실험을 했습니다. 실험 결과 창문이 넓은 교실에서 공부하는 학생들의 성적이 높았습니다. 이 자료를 바탕으로 일부 학교의 창문들을 큰 창문으로 교체하자 1년 만에 수학 성적은 20퍼센트가 높아졌고, 읽기 성적은 26퍼센트가 상승했습니다. 보스턴건축대학 코펙 교수는 좁은 곳에 사는 청소년들이 스트레스를 많이 받으며 마약이나 가정폭력의 희생자가 될 위험성도 크다고 말했습니다.

세계적인 작가나 예술가, 철학자가 대부분 탁 트인 공간에서 산책하는 습관을 가진 것은 우연이 아닙니다. 공간이 넓어질수록 나를 바라보는 좁은 시야에서 벗어나 다양한 아이디어를 내고 창의적으로 변할 수 있게 되는 것입니다.

저는 출퇴근 시간과 점심시간을 최대한 활용하는 습관이 있었습니다. 회사에 있으면 답답해서 그런 것이었는데요. 이 습관은 결혼 후 혼자 아이들을 키울 때도 마찬가지였습니다. 아이가 울거나, 머리가 복잡하거나, 걱정거리가 생기면 저는 무조건 밖으로 나가 걸으며 하늘을 바라봤습니다. 그렇게 조금 걷다 보면 문제에만 초점을 맞추던 습관에서 벗어나 해결책의 실마리를 얻을 수 있었습니다. 뇌가 속게 되는 것이지요.

"내 삶의 모든 문제는 내가 바라보는 대로 다르게 해석될 수 있다."라고 중얼거리고 한참 걷다 보면 사고의 폭이 넓어지고, 지능도 훌쩍 올라가는 느낌이 듭니다. 저는 이 방식으로 많은 해답을 찾았습니다.

더 넓은 공간으로 가서 뇌를 속이는 습관이 결국 저를 매번 살려준 셈입니다. 지금 당장 세상을 바꾸는 건 불가능한 일입니다. 그러나 세상을 바라보는 나의 시선을 바꾸는 건 해볼 만합니다.

무한한 가능성으로
바라보는 연습하기

당신이 행복하고 평화롭게 살고 싶다면 무엇보다 평화롭게 사는 사람들의 이야기를 자주 접하는 것에서부터 하루를 시작해야만 합니다. 되고 싶은 삶을 살 것이라는 가능성을 활짝 열어놓지 않고는 아무것도 변하지 않기 때문입니다. 옥스퍼드대학의 도이치 교수와 과학자들은 2007년 우주에 얼마나 많은 가능성이 존재할까에 대한 실험을 진행했습니다. 예를 들어볼게요.

1. 당신은 차를 타고 가다 사고가 날 뻔했다.

2. 당신은 차 사고로 불행히도 죽음을 맞이했다.

3. 당신은 차 사고가 났으나 병원에서 치료받고 퇴원했다.

4. 당신은 치료를 받고 퇴원하다가 운명의 사람을 만났다.

이 삶 속 당신은 모두 다른 운명을 맞이합니다. 똑같은 내가 다른 우주에서 새로운 시나리오를 가진 다른 삶을 사는 것입니다. 많은 물리학자들은 이를 평행 우주이론이라 설명했습니다. 노벨물리학상 수상자인 와인버그는 "당신이 살고 있는 공간은 라디오 방송국의 수십 개의 전파와 같다. 다만 당신은 단 하나의 채널만 청취할 수 있다. 나머지 전파들은 가능성으로 존재하다가 당신이 채널을 바꾸는 순간 현실로 나타난다."라고 말했습니다.

무엇이든 될 수 있다는 가능성을 열어놓는 순간, 마음이 가벼워지고 평화로워집니다. 우주에는 수많은 가능성들이 있습니다. 만약 현재 삶의 모습이 마음에 들지 않는다면 주파수를 바꿔 새로운 채널을 선택해 보면 어떨까요? 당신은 평행우주에 존재하는 무수한 나 중 어떤 '나'를 선택하고 싶나요? 상상은 자유입니다. 제일 편안하고 행복한 모습을 하고 있는 나를 선택해보세요. 당신은 무한한 가능성을 가진 존재입니다.

구역을 나눠서 청소하기

처음부터 집 전체를 치워야겠다고 생각하면 스트레스를 많이 받습니다. 또 정리가 마무리되지 않았을 때 속상합니다. 이럴 때는 집의 구역을 나눠서 하나씩 청소하면 쉽게 해결할 수 있습니다. 틈날 때마다 한 칸씩 정리한다는 생각으로 정리하면 됩니다.

한꺼번에 치워야겠다고 생각하면 지치게 됩니다. 가벼운 마음으로 하나씩 청소하면 금방 기분이 좋아집니다. 조금씩 청소하는 행동이 몸에 익으면 의식적으로 치우려 하지 않아도 자연스럽게 정리하는 습관이 생깁니다.

쓸고 닦고 버리고 난 뒤 정리가 잘 된 방에 있으면 뿌듯합니다. 정해진 시간에 맞게 집을 청소하고 정리하면서 상황을 통제하는 힘도 길러집니다. 이런 능력은 향후 시간 관리나 리더십 향상에도 도움을 줍니다. 내가 할 수 있는 작은 공간부터 하나씩 정리해 보세요. 이 작은 습관으로 인생의 많은 것들이 생각보다 쉽게 술술 풀려나가게 됩니다.

풍요 확언

몇 년 전 큰 실수를 했습니다. 바쁜 일정에 여유 없이 지내다 광고 표기와 고객과의 관계에서 어리석은 행동을 했습니다. 그 결과 이제껏 쌓아온 모든 것이 한순간에 무너지게 되었습니다. 이로 인해 거절하기 바빴던 비즈니스 제안, 외부 광고와 협업, 강의 제안까지 전부 끊기고 말았습니다. 제가 잘될 때 앞다투어 무언가 부탁하던 사람들은 모두 연락이 끊겼습니다. 이런 단절로 마치 세상에 저란 존재만 사라진 것처럼 느껴졌습니다. 2년간 외부 일이 1건도 들어오지 않는 상황에서도 사무실 월세는 내야 했고, 직원은 제 눈치를 보기 바빴습니다.

에너지가 완전히 바닥나는 것 같았습니다. 발이 닿지 않는 깊은 바다에 빠진 듯한 기분이었습니다. 나름대로 나쁜 생각을 하지 않고 마인드 컨트롤을 하려 했으나 잘 되지 않았습니다. 하루에도 수백 개씩 악플이 쏟아지는 경험은 처음이라 어떻게 해야 할지 잘 몰랐습니다.

이 과정에서 오해는 커지고, 사람들은 등을 돌리고, 루머가 생기고, 수입은 없고 마음이 오그라들었습니다. 잘 달리던 차가 갑자기 고장 나 움직이지 못하는 느낌이었습니다. 잘 쉬지 못하고 머릿속은 복잡해지니 점점 약해졌습니다.

이렇게 에너지가 낮은 상태에서 하는 행동들에는 실수가 많았습니다. 그것은 오히려 상황을 더욱 악화시킬 뿐이었습니다. 사람들이 궁지에 몰리면 어리석은 일들을 연달아 하는 모습을 보고 왜 저럴까 싶었는데, 막상 경험해 보니 저는 그것보다 더했던 것 같습니다.

힘든 상황에서 인적이 드문 공원으로 나가 꾸준히 걸었습니다. 집에서 울면 아이들이 같이 울고 걱정하기 때문에 오히려 밖이 편했습니다. 걷다 보면 눈물이 주르륵 흘렀습니다. 그렇게 울다가, 또 화도 냈습니다.

나 자신에 대한 미움, 세상을 향한 두려움, 외면한 사람들에 대한 서운함, 사실도 아닌 루머를 퍼나르는 사람들에 대한 속상함 등 여러 감정이 터져 나왔습니다. 감정이 완전히 고장 난 것 같았습니다. 그렇게 화를 내고 나 자신을 미워하다가 마음이 허락할 때 확언을 반복했습니다.

문제가 발생하고, 제대로 해결되지 않을 때 마음은 괴

로운 감정을 느낍니다. 저 또한 살면서 자존심도 구겨지고, 속상하고, 우울증과 자살 충동도 느끼고, 두려움에 완전히 사로잡혀 악몽을 꾸거나 환청에 시달린 적도 있습니다. 그러나 이제는 이런 마음을 어떻게 풀어가느냐에 따라 나와 가족들의 미래는 완전히 달라진다는 사실을 알았습니다.

심리학자 마틴 셀리그먼은 사람들의 대응 방식은 좋은 감정이든 나쁜 감정이든 관계없이 감정의 95퍼센트는 어떤 일이 벌어졌을 때 이를 어떻게 해석하고 받아들이는지에 따라 결정된다고 말합니다.

일이 잘못된다 싶을 때, 전혀 생각지 못했던 일이 일어날 때, 부정적인 생각이 들고 겁도 나면서 분노를 느끼게 됩니다. 만약 살면서 어리석게 행동했고, 그 결과 냉정한 평가나 악플로 상처를 받았다면, 제일 중요한 건 초점을 옮기는 것입니다. 외부로 향한 초점을 내부로 가져와야 합니다.

외부의 말에만 귀를 기울이면 마음을 다잡고 감정을 다스리기 어려워집니다. 주도권을 잡고 상황을 극복하려면 내가 진정 원하는 것에 초점을 맞춰야 합니다. 남들의 시선, 평가나 과거의 실수에 맞춰진 초점을 서서히 오늘 하루로 옮겨오는 것입니다.

때론 완전히 박살 난 머그컵처럼 어쩔 수 없는 것들이 있습니다. 그것을 더 이상 건드리지 말고 깨끗하게 정리합시다. 그리고 딱 오늘 하루만 살아냅시다. 더 이상 오래 버텨낼 힘이 없으니 딱 하루씩만 살아가는 것입니다. 그렇게 마음을 가다듬고 오늘 하루를 살다 보면 어느새 미래가 차곡차곡 준비되어 있다는 것을 알게 됩니다. 이때 비로소 진정한 치유와 회복의 단계로 올라서게 됩니다.

불안했을 때 생각과 기분을 회복시켜줬던 풍요 확언입니다.
마음에 드는 확언을 골라 반복해 말해보세요.

> 나는 살아있다.

> 나는 매일 모든 면에서
> 성장한다.

> 모든 문제에는 반드시
> 해결책이 있다.

> 나는 실패를 통해 성장하는
> 지혜로운 사람이다.

급한 일보다
중요한 일 먼저 하기

불안하면 일의 우선순위 없이 행동하게 되는 경우가 많습니다. 《성공하는 사람들의 7가지 습관》의 저자 스티븐 코비는 우선순위를 정할 때 자신이 할 일을 '긴급성'과 '중요성'이라는 두 가지 요소를 기준으로 나누어 살펴본다고 합니다. 긴급성은 시간이 급한 것뿐 아니라 마음속에 가득한 것, 즉 바로 하고 싶은 것도 될 수 있습니다. 우선순위는 다음 네 가지로 나눠 볼 수 있습니다.

1. 긴급하면서 중요한 일(긴급성 O, 중요성 O)

2. 긴급하지 않지만 중요한 일(긴급성 X, 중요성 O)

3. 긴급하면서 중요하지 않은 일(긴급성 O, 중요성 X)

4. 긴급하지 않으면서 중요하지도 않은 일(긴급성 X, 중요성 X)

이 중 1번과 4번은 신경 쓰지 않아도 됩니다. 가장 핵심이 2번과 3번입니다. 그런데 많은 사람들이 2번을 해야 할 때 3번을 하곤 합니다. 열심히 일하는 걸로 유명한 트위터와 스퀘어 공동창립자 잭 도시는 평일 하루 16시간 이상 일합니다. 하지만 반드시 주말은 쉽니다. 무슨 일을 하면서 쉴까요?

"나는 토요일에는 하이킹을 하며 쉽니다. 그리고 일요일에는 반성과 피드백, 전략을 생각하며 다음 주를 준비합니다."

연 매출 1조 기업가 김승호 회장님을 만났을 때 일입니다. 책을 꼭 추천해 달라는 질문에 가장 좋은 책은 '산책'이라는 말을 남기셨습니다. 이 역시 2번에 해당되는 일입니다.

2번은 긴급하지 않지만 중요한 일로 꾸준한 독서나 공부, 운동, 명상, 기도 등이 될 수 있습니다. 지금 당장 필요한 것 같지 않지만 인생에 있어서 중요한 일이죠. 가족들과 추억을 나누는 시간도 2번에 해당합니다. 긴급하진 않지만 시기를 놓치면 후회할 너무도 중요한 일이지요. 당신이 지금 해야 하는 긴급하지 않지만 중요한 일은 무엇일까요?

하루에 하나씩 마음챙김   TO DO LIST

☐ 기지개하기

☐ 견과류 식탁에 올려 두기

☐ 좋아하는 취미 찾기

☐ 이불에게 고맙다고 말하기

☐ 좋은 점 찾기

☐ 뇌 속이기

☐ 무한한 가능성으로 바라보는 연습하기

☐ 구역을 나눠서 청소하기

☐ 풍요 확언

☐ 급한 일보다 중요한 일 먼저 하기

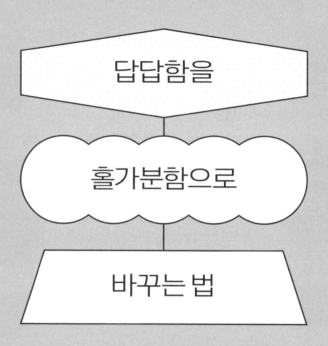

Part 3

답답함을

홀가분함으로

바꾸는 법

점심 5분 이상 걸어가서 먹기

오전에 집중력을 요구하는 일을 끝내고 나면 오후에는 일의 능률이 떨어집니다. 어떻게 하면 효율을 높일까 자료를 찾다 정신과 의사 가사바와 시온의 책《당신의 뇌는 최적화를 원한다》에서 좋은 방법을 발견했습니다. 바로 오후 세로토닌 충전입니다. 방법은 간단합니다. 점심때 무조건 밖으로 나가는 것입니다. 이때 원칙은 5분 넘게 걸을 수 있는 위치의 식당을 찾는 것입니다. 그렇게 하면 자연스럽게 하루에 필요한 오후 세로토닌을 충전할 수 있습니다.

오전에 열심히 일하고 배가 고플 때 밖으로 나오면 기분이 좋습니다. 햇빛을 받으면 우리 몸에 꼭 필요한 세로토닌이 활성화됩니다. 팔을 자연스레 흔들며 걸으면 감정을 가라앉히는 뇌 속 신경세포가 활성화되어 불안이나 우울감이 완화됩니다. 걸으면서 기분이 좋아지는데 이는 뇌에 산소가 공급되며 세로토닌이 생성되기 때문입니다. 게다가 뇌의 전두엽을 지속적으로 발달시키며 감정 조절능력과 인지 기능이 향상됩니다.

　정신과 의사 가바사와 시온은 답답한 사무실에서 '긴장상태'였던 뇌는 밖을 나오면 '이완상태'로 변화하며 좋은 아이디어를 떠올린다고 합니다. 이때 작은 메모장과 펜이 필요합니다. 음식을 주문하고 기다리는 시간에는 종이와 펜으로 오전 업무 중 해결해야 할 일에 대한 간단한 아이디어를 적어보세요. 세상을 바꾼 많은 아이디어들이 식당의 냅킨이나 작은 종이에 적혔다는 사실을 기억하세요. 이렇게 잠시 짬을 내서 사무실이 아닌 곳에서 생각하다 보면 세로토닌도 충전되고, 핵심만 파악할 수 있게 됩니다. 그러면 할 일만 딱 정리한 채 상쾌하게 오후 일정을 마무리할 수 있습니다.

　인생은 단 한 방으로 결정되지 않습니다. 꾸준히 쌓인 선택들이 모여 삶이 만들어집니다. 오늘 내린 작은 선택이 당신의 미래를 만들어가는 것입니다. 그렇기에 당신에게 좋은 선택을 하시길 바랍니다. 당신은 충분히 잘해왔고 앞으로도 잘할 겁니다. 그리고 저는 당신이 점점 지혜로운 선택을 할 것이라 믿고 있습니다.

끝에서부터
시작하기

자신을 생각하면 왠지 모르게 한숨이 나오고, 마음에 들지 않나요? 지금 현재 자신에 대한 가치를 낮게 생각하고 자기도 모르는 사이 자신을 함부로 대하는 사람이 있을 수 있습니다. 그럴 때 끝에서부터 상상하는 버릇을 가진다면 새로운 가능성이 열리게 됩니다. 심리학에서는 이를 모델링이라고 합니다.

모델링을 하는 방법은 간단합니다. 당신이 되고 싶은 사람이 이미 되었다고 생각하면서 한번 질문을 던져보세요. 예를 들어 행복하고 건강한 사람이 되고 싶다면 이렇게 질문해 보는 겁니다.

행복하고 건강한 사람이라면 날마다 자극적인 음식을 먹을까?

행복하고 건강한 사람이라면 날마다 정리되지 않은 집에서 살까?

행복하고 건강한 사람이라면 날마다 부정적인 영상이나 글을 볼까?

당신이 되고 싶은 삶을 자주 떠올려 보세요. 그리고 그 삶을 살아가는 사람은 어떤 기준으로 생각하고, 말하고, 행동하는지 상상해 보세요. 이렇게 선택의 순간마다 되고 싶은 사람의 기준으로 바꾸며 살아간다면 진정으로 더 멋진 삶을 만들 수 있을 것입니다.

새로운 메뉴
먹어보기

수험생, 고시생, 연구원, 창작자 등은 답답함을 자주 느낍니다. 좁은 공간에서 집중해 머리를 많이 쓰기 때문인데요. 이때, 아세틸콜린이 반드시 필요합니다. 뇌의 신경세포 사이사이는 아주 미세하게 떨어져 있습니다. 그래서 중간 다리 역할이 꼭 필요한데요. 이때 정보를 전달해 주는 역할을 하는 물질이 바로 아세틸콜린입니다.

아세틸콜린과 세타파는 아주 깊은 연관이 있어요. 아세틸콜린이 해마를 자극하여 세타파를 내보내기 때문입니다. 아세틸콜린이 활성화되면 더 많은 세타파를 만들 수 있습니다. 또한 신경과 신경의 연결구조인 시냅스도 잘 쉽게 연결됩니다. 시냅스가 쉽게 연결되면 기억력이 비상해집니다. 즉, 세타파가 나오면 기발한 아이디어가 마구 쏟아지는 것입니다.

느린 파장을 가진 뇌파 세타파는 알파파보다 잠들기 전 꾸벅꾸벅 조는 상태, 깊은 명상 상태에서 발생합니다. 그렇다면 일상에서 어떤 방법을 써야 영감과 아이디어를 얻을 수 있을까요? 정신과 의사 가바사와 시온은 아세틸콜린 분비와 세타파 생성을 돕기 위해 호기심을 자극하라고 제안합니다.

가장 재미있고 쉽게 할 수 있는 방법은 음료나 음식을 먹을 때 새로운 메뉴에 도전해 보는 것입니다. 짜장면만 먹어봤다면 깐풍기나 유산슬을 먹어보는 것도 새로운 시도입니다. 오렌지 주스만 먹는다면 사과주스나 포도 주스, 키위 주스를 먹어보는 겁니다. 한식을 주로 먹는다면 양식, 일식은 어떨까요? 새로운 음식이나 음료를 맛보며 호기심을 자극하는 작은 시도는 당신의 뇌를 더욱 젊어지게 만들 것입니다.

두려움 넘어서기
100번 쓰기

다시 시작하기엔 너무 늦은 것 같다는 생각이 들 때가 있습니다. 왠지 해봐야 소용없을 것 같고, 하루에도 수십 번씩 '과연 잘하고 있는 걸까?' 하는 생각이 듭니다. 이런 불안한 마음이 들 때마다 가면을 씁니다.

가면을 쓰면 내 마음을 숨길 수 있습니다. 괜찮은 척, 쿨한 척, 안 아픈 척 말하고 행동합니다. 사실 속은 괜찮지 않았는데 말입니다. 그러다 이런 노력에도 불구하고 인간관계에서 갈등이 생기곤 합니다. 학교나 직장에서 은근히 따돌림을 받게 될 때 아무것도 하기 싫고 쉬고 싶었습니다.

집이 망하고 갑자기 살던 집이 남의 집이 되었을 때도 그랬습니다. 수년간 거처도 없이 고시원, 찜질방, 친구 집, 친척 집 등 이사를 다니며 살았습니다. 마음이 불편하고, 왠지 나 같은 존재는 아무도 환영해 주지 않을 것 같고, 무슨 짓을 해도 저를 좋아하는 사람은 없을 것 같았습니다. 그럴 때마다 괜찮은 척 가면을 썼지만 사실 속은 꺼멓게 타 들어 갔습니다.

이런 답답함은 너무나도 커져서 오랜 시간 여러 방법을 찾았습니다. 일을 하며 시간을 내서 여러 단체에서 자원 봉사를 했고, 마음 관련 공부도 깊게 하게 되었습니다. 갈 곳도, 들어줄 이도 없어 혼자 성당에 앉아 손발이 꽁꽁 얼 때까지 둘 곳 없는 마음을 털어놓은 적도 많습니다.

성서에는 "놀라지 말라, 두려워하지 말라, 내가 네 손을 잡고 있다, 너는 내게 귀한 존재다, 나는 너를 사랑한다."라고 말합니다. 그러나 저는 자주 놀랐고, 두려워했고, 저 같은 보잘것없는 사람은 버림받을 것이라 걱정했고, 스스로가 귀한 존재라는 사실을 아예 부정했습니다. 누가 저를 사랑한다고 하면, 그건 거짓말이라고 생각했어요.

나는 왜 저 사람 같지 않을까 비교하며 슬퍼했습니다. 하지만 시간이 지나 보니 온 세상 사람이 다 달랐습니다. 설령 모두 같은 옷을 입고, 같은 음식을 먹고, 같은 교육을 받는다고 해도 모두 각각의 개성이 있는 고유한 존재였습니다. 지구가 시작된 이후로 단 한 장의 나뭇잎도 같지 않고, 단 한 번도 똑같은 구름이 지나간 적이 없었습니다. 다 다른 것은 당연한 일이었습니다.

저는 156센티미터의 작은 키, 이마와 광대가 톡 튀어나온 얼굴, 키에 비해 길고 큰 손을 가져서 자주 놀림을 받았습니다. 하지만 이제 와서 보니 이 모든 건 저만의 개성일 뿐이었습니다. 이제 저는 저 자신을 미워하거나 비판하고자 하는 생각이 들면 더 이상 도망치지 않습니다. 그리고 종이에 적습니다.

"고마워, 두려움아. 하지만 나는 더 이상 두려워하지만은 않을 거야. 나는 이제 두려움을 넘어설 거야."

저는 두려움이 가득해질 때 이 문장을 계속 적습니다. 생각날 때마다 원하는 만큼 적고 나면 마음이 편안해집니다. 이 문장을 알려준 루이스 헤이는 이런 말로 우리를 위로합니다.

"살면서 어떤 문제를 겪게 되더라도, 최선의 해결책은 언제나 나 자신을 사랑하는 것이다."

잠시 멈춰보세요. 마음을 고요히 하고, 심호흡을 하세요. 두려움을 넘어 자신을 사랑하세요. 온 우주는 이미 아주 오래전부터 당신 편이었습니다.

당신에겐 늘 새로운 삶을 선택할 힘이 있습니다.
"고마워, 두려움아. 하지만 나는 더 이상 두려워하지만은 않을 거야."라고
적어보세요.

싫은 점
들여다보기

어린 시절 저는 화장실도, 부엌도 없는 옥탑방에서 살았습니다. 화장실은 요강을 이용했고, 손을 씻는 건 빗물을 받은 대야를 사용했습니다. 머리를 감으려면 침침한 조명 밑에 계단 두 층 아래로 내려가 가게에 붙은 고객용 재래식 화장실에 쪼그려 앉아 끓인 물과 찬물을 섞어 씻어야 했습니다. 학교와 집은 당시 제 걸음으로 걸어서 20분 정도 걸렸는데, 역 주변이라 가는 길에 차가 많이 다녀 매연이 있었고 자동차 소리로 시끄러웠습니다.

왜인지는 모르지만 아버지는 절대 친구를 집에 데려오면 안 된다고 하셨습니다. 그런데 초등학교 4학년 때, 꼭 우리 집에 놀러 오겠다고 떼를 쓰는 여자 친구 두 명을 차마 말리질 못했습니다. 아이들은 내 뒤를 따라왔고, 막무가내로 4층 옥탑방까지 따라 들어왔습니다. 다행히 집엔 아무도 없었습니다. 좁은 방에 앉아 잠시 아이들과 이야기를 나누는데 아버지께서 터벅터벅 옥탑방 계단을 올라오는 소리가 들렸습니다. 혼날까 봐 두려웠던 저는 황급히 친구들을 방에 딸린 컴컴한 광에 가두었죠. 아버지께 들키고 싶지 않았습니다.

태연한 척했지만 온몸이 모두 땀으로 젖고 말았습니다. 아버지는 자신이 무시당했다고 생각하면 사정없이 때리시는 분이셔서 더욱 무서웠습니다. 제 친구들은 입을 틀어막고 곰팡이가 핀 어두운 광에 숨어있어야 했습니다. 몇십 분 뒤 아버지께서 떠나신 후 급히 광문을 열었습니다. 아이들은 겁에 질려 도망치듯 저를 남기고 떠났습니다.

저는 마흔이 넘은 지금도 그 친구들의 겁먹은 눈빛을 기억합니다. 가난은 잘못이 아니었음에도 불구하고, 참 오랫동안 그 아이들에게 미안한 마음이 들었습니다. 아버지 말을 듣지 않아 이런 일이 생겼다고 죄책감을 가지기도 했습니다.

그 뒤로 그 친구들과 자연스럽게 멀어졌습니다. 아마 우리 모두 너무 놀랐고 두려웠던 것 같아요. 저는 이런 것에 대해 아무에게도 말하지 않았습니다. 어린 시절 경험한 가난과 아버지의 과한 체벌을 힘들어하면서도 아무에게도 들키고 싶지 않았던 것 같습니다.

싫은 것은 왜 존재하는 걸까요? 싫은 것이 모두 사라진다면 세상은 어떻게 변할까요? 우리 집은 아주 잠시 부자였고, 오랫동안 가난했습니다. 저는 저를 돌보며, 가족들도 돌봐야 한다는 의무감에 늘 열심히 노력했습니다. 그렇게 살다 보니 1년 중 쉬는 날은 빨간 날이 아니라, 도무지 아파서 일어나지 못하는 날이 되었습니다. 그렇게 정신없이 살다 40대가 되었습니다. 가난 덕분에 많이 애썼고, 그래서 크게 성장했습니다.

싫은 점을 잘 들여다보면, 결국 내가 좋아하는 것이 무엇인지 나오게 됩니다. 제 오랜 꿈은 결혼 후 아이가 태어났을 때 깨끗하고 안전하고 좋은 환경에서 자라게 하는 것이었습니다. 온수가 나오는 화장실, 넓은 식탁, 학교와 가까운 깨끗한 공간, 원하면 언제든 친구를 데려올 수도 있는 멋진 환경을 꿈꿨습니다. 결혼 후 8번의 이사를 거쳐 드디어 그런 집에서 살게 되었습니다.

이제 제 큰아이가 초등학교 4학년이 되었습니다. 저는 너무 늦은 시간만 아니라면 언제든 친구가 놀러 올 수 있다고 허락합니다. 맛있는 간식도 준비해 주고, 동네 놀이터에서 신나게 놀 수 있도록 배려합니다. 이 모든 것은 내 어린 시절의 결핍 때문에 가능한 일이었습니다.

지금 당신의 현실과 관계없이 자신이 원하는 삶을 계속

떠올려 보세요. 인생은 B^{birth}와 D^{death} 사이의 C^{choice}입니다. 탄생과 죽음 사이 더 좋은 선택을 할 수 있는 기회가 계속 찾아옵니다. 어쩌면 삶은 경험해온 모든 일들을 통해 더 좋은 방향이 있다는 걸 알려주려고 존재하는 건 아닐까 생각합니다.

설레지 않는다면
팔거나 버리기

오랫동안 제 취향은 저렴한 것, 할인을 많이 한 것이었습니다. 저는 마음에 들지도 않는 물건들을 싸다는 이유로 충동구매했습니다. 저는 진짜 나를 설레게 하는 물건을 사는 대신 싼 물건을 여러 개 샀습니다. 덕분에 쓰지 않음에도 다 쑤셔 넣고 살았습니다.

설레는 마음으로 사는 것보다 마음에 들지도 않는 물건들을 버리지도 못한 채 꾸역꾸역 사는 것이 제게 더 익숙했나 봅니다. 그렇게 잔뜩 쌓아둔 물건들을 모시고 사니 집에 여백의 미는 사라지고 그저 씻고 잠을 자는 공간이 되었습니다.

그러던 어느 날 문득 공간을 더 넓게 쓰고 싶단 생각을 했습니다. 그래서 곤도 마리에의 넷플릭스 다큐멘터리 〈설레지 않으면 버려라〉도 보았습니다. 곤도 마리에가 정리에

애를 먹는 의뢰인들을 찾아가 컨설팅해 주는 과정을 다루는데, 그 내용을 한마디로 요약하면 "설레지 않는다면 버려라."였습니다. 정리방법은 간단했습니다.

먼저 공간을 옷, 책, 서류, 소품, 추억의 물건으로 분리한 후, 설레지 않는 물건을 버리는 방식으로 정리합니다. 예를 들면 집에 있는 옷을 몽땅 꺼냅니다. 옷 무더기를 눈으로 확인한 의뢰인은 '이렇게나 많은 옷이 있었구나!' 하는 충격을 받아요. 그 후엔 옷을 만져보고 설레지 않는다면 버리라고 합니다. 갈등하는 의뢰인에게 곤도 마리에는 선택하기 쉬운 옷부터 결정하라고 제안했습니다.

저는 다큐멘터리를 보고 집을 둘러보았습니다. 그리고 우선 쉬운 것들부터 정리했습니다. 아이들이 자는 동안 며칠에 걸쳐 아이들의 옷과 제 옷을 모두 정리했습니다. 또한 선물로 받았지만 먹지 않는 음식 세트나 안 쓰는 그릇, 냄비, 화분들까지 모두 당근마켓에 저렴한 가격으로 올렸습니다.

하루가 지나 사겠다는 사람들이 생겼습니다. 얼떨결에 하나둘씩 팔고 나니 기분이 좋았습니다. 기간이 지나도 팔리지 않는 것들은 과감히 버렸어요. 그러면서 우리 가족에게 꼭 필요한 것들만 가지고 있으려 의식적으로 노력합니다.

물건을 처분하기 전, 뭔가 아쉽고 막막하다면 한 달간

큰 상자에 넣어 신발장에 두었습니다. 그 기간 동안 상자 속 물건을 꺼내지 않는다면 그 물건들은 처분해도 되는 물건입니다. 그렇게 정리한 물건들은 시간이 지나니 기억도 나지 않습니다. 버리고 나니 넓어졌고, 여백이 생기니 아이들이 더 잘 보입니다. 설레지 않는다면 당장 정리해 보세요. 더 많은 시간을 나와 내가 사랑하는 것을 바라보는 데 쓸수 있게 됩니다.

나만의 보물지도 만들기

대학교 2학년, 집이 사라졌습니다. 그래서 친척 집에서 학교를 다녀야만 했습니다. 갑작스러운 변화에 당황했지만 별다른 내색 없이 학교를 다녔습니다. 친척 집에서 대학교까지는 왕복 4시간이 넘는 거리여서 늘 지옥철과 버스에서 시달려야 했지요. 견디다 못해 학교 바로 앞 고시원을 얻어 생활하기 시작했습니다.

비록 손바닥만 한 창문에 침대와 책상이 겹쳐진 작은 공간이었지만, 저는 고시원 속 작은 제 방을 너무나도 사랑했어요. 물론 공기도 안 좋고, 삭막하고, 방음도 되지 않아 옆방의 소음이 고통스러울 때도 있었습니다. 그러나 저는 틈만 나면 침대에 누워 방문을 바라보곤 했습니다. 방문을 닫으면 보이는 사진들 때문이었습니다.

당시 저는 하고 싶은 것, 되고 싶은 것, 갖고 싶은 것의 사진들을 하나씩 프린트해 방문에 붙여놨어요. 아름다운 노을이 지는 바닷가, 전망이 좋은 여행지, 따뜻한 차 한 잔과 함께 책을 읽는 사람, 웃고 있는 사람, 운동하는 사람 사진도 붙이고 작업실에서 그림 그리는 화가, 기도하는 사람, 가족들끼리 여행하는 모습 등의 사진을 붙였습니다.

덕분에 삭막한 고시원에서도 행복했습니다. 고시원에는 별별 화난 사람들이 다 있었습니다. 쿵쿵거리는 화난 발걸음, 화장실 문을 열고 닫을 때의 쾅쾅 소리, 공용 냉장고에 붙은 포스트잇 글씨체만 봐도 알 수 있었지요. 반면에 저는 냉동밥을 간장이나 고추장에 비벼 먹으면서 지냈음에도 나름 자유를 만끽하며 행복하게 산 것 같습니다.

열악하긴 하지만 나 혼자만의 독립적인 공간이 생긴 것, 가세가 기운 건 안타까운 일이지만 미리 내둔 등록금이 있어 당장은 공부를 할 수 있다는 것이 감사했습니다. 그리고 방문 앞 사진을 보며 꿈꾸는 미래에 대한 설렘이 있었습니다.

그때 붙여놨던 사진들은 단 하나도 빠짐없이 전부 다 이뤄졌습니다. 그래서 저는 당신이 꼭 이 방법을 따라 하길 바랍니다. 당신이 하고 싶고, 되고 싶고, 갖고 싶은 것들의 사진들을 벽에 붙여 놓고 보세요. 그것이 9장이 됐든, 10장이 됐든 좋아요. 크게 출력해서 붙이고 자연스럽게 자주 보기만 하면 됩니다.

그걸 볼 때마다 내가 살고 싶은 나는 어떤 모습인가를 생각하고, 그 모습에 가까이 다가가려면 지금 뭘 해야 되는지를 생각하다 보면 어느새 삶이 많이 달라질 겁니다. 매일 하루를 더 나답고 가치 있게 보낼 수 있는 방법을 떠올릴 거예요.

틈새 공간
살리기

정리하려고 하면 낯설고 어떻게 시작해야하는지 모르겠나요? 이럴 때는 현관이나 신발장이나 베란다처럼 상대적으로 작은 공간을 정리하는 것을 추천합니다. 비록 작은 공간이지만 쉬는 날 마음먹고 정리하면 생각보다 큰 효과를 내는 곳이 틈새 공간이기 때문입니다.

현관이 늘 밝고 깨끗한 상태여야 복이 들어온다는 말도 있습니다. 물론 믿지 않는 사람들도 있겠지만, 간단한 행동으로 답답한 마음이 풀린다면 그거야말로 복이지 않을까요?

현관이나 베란다 바닥은 먼저 빗자루로 먼지들을 제거합니다. 그 뒤 분무기에 베이킹 소다와 물을 섞어 넣고 뿌린 뒤 신문지로 덮어줍니다. 신문지가 더 골고루 젖도록 베이킹 소다 섞은 물을 다시 뿌리고, 20분이 지나면 현관 구석구석을 신문지로 닦습니다.

커피 가루를 병에 담아 한쪽 구석에 두고, 신발 안에 신문지를 넣어두면 습기뿐 아니라 냄새까지 제거됩니다. 신발장에 딱 신는 신발만 두고 모두 정리하는 것, 베란다를 텅 비우고 나만의 공간을 만드는 것, 현관을 싹 비우는 것은 생각보다 기분 좋은 일입니다. 작은 성취지만 효과가 좋으니 꼭 실천해보세요.

접해보지 않은 분야의 사람과 만나기

제 꿈은 그림 그리고 글 쓰며 사는 것이었습니다. 그러나 20대는 정신이 없었습니다. 생활비를 벌기 위해 닥치는 대로 일을 하며 살았습니다. 20대 후반쯤 되어서 주위를 둘러볼 여유가 생겼습니다. 아르바이트를 하며 만난 주변 사람들은 모두 열심히 살았지만 비슷비슷한 모습이었습니다. 모아둔 돈 없이 하루하루 돈 걱정을 하고, 사장들을 욕했습니다. 당시 제가 만나는 사람들 중엔 어떻게 하면 그림 그리고 글 쓰는 작가로 살 수 있을지에 대해 조언을 해줄 사람은 없었습니다. 답답했고, 고통스러웠습니다.

무작정 전시장을 다녔습니다. 그러다 토론토 아트엑스포에서 한 화가를 만나게 되었고, 어떻게 하면 전시회를 열 수 있는지 방법을 물어보자, 개인전보다 단체전이 비용이 적게 든다고 알려주셨어요. 그래서 캐나다 한인 미술가 협

회라는 원로 화가 70명이 활동하는 단체를 알게 되었고, 열심히 활동했습니다.

그들은 제가 회화과를 부전공하고 학교를 떠나 처음 만나는 풀타임 화가와 예술가들이었습니다. 저는 모든 전시와 행사에 참여하고, 솔선수범했습니다. 이런 노력은 결국 임원으로 발탁되어 한국, 캐나다, 미국 등지에서 단체전과 기부전 등 다양한 전시를 할 수 있는 기회로 변했습니다. 이때 임원으로 일하며 아티스트들을 후원하는 이사님들과 만나게 되었습니다. 자연스럽게 그분들의 공간에 초대되거나 티타임을 가지기도 했는데 이때 '부자들은 이렇게 사는구나.' 하는 새로운 시야가 생겼습니다.

처음엔 그분들에게 잘 보이고 싶은 마음뿐이었습니다. 단 한 명이라도 제발 내 그림을 사주었으면 하는 마음이 컸습니다. 그러나 사람의 취향과 자금 사정은 모두 달라 실현 가능성이 적었습니다. 결국 그분들이 제 그림을 사줄 때까지 기다리는 것보다 차라리 제가 부자가 되는 게 빠르겠다는 생각이 들었습니다. 그래서 책을 사서 여러 번 읽고 꾸준히 실천하며 생산성을 높였습니다. 덕분에 점차 좋은 환경에서 일하게 되고, 고객은 많아지고, 다니던 회사 내에서 영업실적 1위를 하며 점점 원하는 삶에 다가갔습니다.

가난한 형편에 재료비와 전시회 비용을 마련하기 위해

투잡, 쓰리잡, 포잡까지 뛰기도 했습니다. 그렇게 전시를 하고, 그림을 그리면서 느낀 점들을 싸이월드에 적었는데 그걸 본 주간지 관계자에게 연락을 받게 되었습니다. 이렇게 2년간 회사를 다니며 점심시간과 자는 시간을 아껴가며 작성한 70편의 아트칼럼은 제게 글 쓰는 습관과 새로운 커리어를 선물해주었습니다. 비록 무급이었어도 평범한 직장인과 가난한 화가로 살아가던 제겐 값진 도전이었습니다.

기한에 맞춰 칼럼을 완성하기 위해 수많은 자료를 보며 점심때마다 도시락으로 대충 때우고 숱한 밤을 새우며 살았지만 행복했습니다. 그 뒤론 글을 더 쓰고 싶다는 생각에, 책을 내고 강의하는 작가들과 어울렸습니다. 책을 내고 난 뒤엔 아이들을 키우며 할 수 있는 게 유튜브라는 생각에 잘된 유튜버의 강의라면 뷰티든, 게임이든, 토크든 관계없이 아무리 멀어도 수업을 들으러 다녔습니다.

그 뒤론 블로그, 카페, 인스타그램을 잘하는 사람들의 성공 노하우를 배우고 적용하며 점차 영역을 넓혀갔습니다. 덕분에 저는 콘텐츠를 전달하는 작가이며 칼럼니스트, 인플루언서가 되었습니다. 내가 원하는 꿈을 이룬 사람을 만나 바로 배우고, 실행하고, 창조하는 습관은 제 삶에 큰 무기가 되어주었습니다. 이제 저는 물어볼 사람이 하나 없는 답답한 삶에서 각 분야의 전문가들과 도움을 주고받는 자유로운 삶을 살게 되었습니다.

지금 답답하다면 혹시 답이 없는 곳에서 답을 찾기 때문은 아닐까요? 그렇다면 잠시 눈을 들어 내 상상을 현실로 만든 사람들을 만나보세요. 그들의 책, 온라인, 오프라인 강연 그 무엇이든 좋습니다. 시야에 내가 꿈꾸는 삶을 현실로 살고 있는 사람들을 두고 자극을 받으며 만들어가는 삶은 훨씬 더 쉽고 재미있습니다.

가구 재배치하기

한 달만 살고 나가는 집, 여러분이라면 청소하시겠어요? 최근 저는 미니멀 유목민님의 한 영상을 보고 충격을 받았습니다. 그는 아내와 함께 고정적으로 거주하는 자택이 없고 호스텔이나 호텔, 여행을 다니는 사람입니다. 짐 하나에 모든 필요한 것들을 담아서 세계를 돌아다니는 노마드 인생을 사는데요. 이것이 가능한 가장 큰 동력은 미니멀 라이프입니다. 그의 모든 소품은 가방 한 개와 소지품 80개가 전부입니다.

유목민 부부는 일본에서 한 달간 묵기로 한 숙소에 도착합니다. 그런데 숙소 바닥은 시커멓고, 커튼에선 담배 냄새가 났고, 벌레와 곰팡이까지 있었어요. 그때부터 미니멀 유목민 부부는 청소를 시작합니다.

바닥 전체를 닦고, 가구 뒷면까지 들어 곰팡이를 전부

닦아내고, 사용하지 않는 케이블 선들도 모두 다 깔끔하게 묶어둡니다. 모든 가구들은 꺼내 햇빛 샤워를 시키고, 담배 냄새가 나는 커튼은 모두 빨래해 새로 답니다. 그렇게 한 달 살 집을 한 달간 매일 청소해요.

싱크대 안쪽 벌레들을 모두 제거하고, 햇빛을 쏘이게 합니다. 숙소 주인에게 허락을 받고, 집에 오래 방치되어 사용하지 않는 모든 물품들을 버립니다. 한 달 살 거니까 대충이라는 마음이 아닌 한 달을 살더라도 자신들의 마음에 들게 만들어 사는 것이지요. 영상에는 이런 문장이 나옵니다.

"집 상태가 곧 내면의 상태이다."

두 사람은 아무도 시키지 않은 일을 노래까지 불러가며 정말 즐겁고 완벽하게 마무리합니다. 바퀴벌레를 만날 때도 인사를 하고, 옷 수선부터 가구 리폼에 페인트칠, 집의 외관 먼지와 곰팡이 청소까지 정말 청소업체도 힘들 것 같은 정도까지 청소와 정리를 합니다.

몇 년 된 바닥의 묵은 때를 전부 긁어내고, 전등갓을 꺼내 전부 닦아내고, 오래되어 붙어버린 싱크대까지 전부 새롭게 리모델링하는 모습을 보며 참 대단하다는 생각을 했습니다. 댓글에는 미니멀 유목민님 커플을 만난 집주인이 얼마나 복이 있는지, 무료로 리모델링을 해줬다, 보는 내 마음이 후련하고 개운하다, 가치관에 따라 부지런히 움직이는 모습에 눈을 뗄 수가 없다는 극찬이 끊이질 않았습니다.

내 집도 청소하지 않는 사람들이 태반인 세상에 내가 머무는 공간까지 애정을 가지고 치우는 모습에 감탄한 사람들이 많았습니다. 최악의 상황에서도 불평 없이 자신들이 할 수 있는 최선을 다하는 모습은 아름다웠습니다.

이 영상을 보고 왠지 청소하고 싶은 마음이 불끈 들더라고요. 실제로 마음이 혼란스러운 시기엔 집 상태도 늘 엉망이었던 것 같습니다. 그래서 이틀 동안 12시간이나 청소를 하기도 했어요. 청소를 하고 빈자리가 생기니 가구를 재배치할 수 있었습니다. 깨끗하게 정리한 집에서 새로 배치된 소파와 책상을 보니 마치 호텔에 온 것 같다는 생각도 들었습니다.

단순히 공간을 깨끗하게 했을 뿐인데 세상이 밝아진 듯한 느낌까지 들었습니다. 기분이 좋으니 일도 잘되고, 행복했어요. 그러니 여러분도 오늘 한번 마음먹고 청소해 보는 건 어떨까요? 작은 변화가 당신의 삶에 큰 행복을 가져다줄 것입니다.

☐ 점심 5분 이상 걸어가서 먹기

☐ 끝에서부터 시작하기

☐ 새로운 메뉴 먹어보기

☐ 두려움 넘어서기 100번 쓰기

☐ 싫은 점 들여다보기

☐ 설레지 않는다면 팔거나 버리기

☐ 나만의 보물지도 만들기

☐ 틈새 공간 살리기

☐ 접해보지 않은 분야의 사람과 만나기

☐ 가구 재배치하기

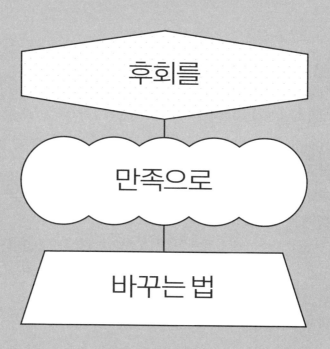

Part 4

후회를

만족으로

바꾸는 법

아침 확언

사실 아침에 일어나서 씻는 것은 참으로 귀찮은 일입니다. 씻기 싫어 괜히 더 침대에 누워 뒹굴뒹굴하게 되죠. 그러나 막상 샤워실로 들어가 깨끗하게 씻고 나와 거울 앞에 서면 나도 모르게 기분이 좋고 콧노래를 부르게 됩니다. 따뜻한 바람으로 머리카락을 말리고 얼굴과 몸에 로션을 바릅니다.

저는 긍정 확언을 써 붙여 놓은 거울을 봅니다. 그리고 "새해야, 정말 잘했어. 깨끗하니까 기분이 좋지? 씻기 참 잘한 것 같아. 오늘은 왠지 좋은 일이 생길 것 같아. 모든 일이 다 잘되고 있어. 필요한 모든 것을 이미 가지고 있어."라고 반복해서 말합니다. 이렇게 말하다 보면 나도 모르게 기분이 좋아집니다. "오늘은 왠지 좋은 일이 생길 것 같아."라는 문장은 빌 게이츠가 아침마다 되새기는 확언이기도 합니다. 이런 좋은 에너지가 담긴 말은 잠재의식을 자극합니다.

아침에 눈을 뜨고 새로운 하루를 시작하는 것에 기뻐하세요. 오늘 하루 살아있다는 사실에 감사하세요. 내 두 손과 발이 움직이고, 스스로의 힘으로 씻을 수 있다는 사실에 감사하세요. 매일 아침 아무런 대가 없이 내 마음대로 채울 수 있는 새 도화지를 선물 받는 것은 참으로 기분 좋은 일입니다.

당신은 항상 원하는 대로 당신의 삶을 만들어 갈 수 있습니다. 좋은 기분이 계속 유지되도록 감사를 찾아보세요. 살아있는 동안 마음이 밝게 빛나도록 도와주세요. 그렇게 마음에 날개를 달아주면 삶의 모든 것이 점점 더 좋아질 수밖에 없습니다.

저녁에 격렬한
운동하지 않기

가끔 사람들이 이렇게 물어봅니다.

"악플 보면 상처 입지 않으세요?"

"저는 많이 알려지면 싫어하는 사람들이 생길까 봐 두려운데, 어떻게 생각하세요? 그럴 때 마음을 어떻게 다잡으세요?"

저는 8년간 사업가와 유튜버로 활동하며 많은 경험을 했습니다. 심할 때는 하루에 수백 개씩 고의적으로 악플을 복사해 붙여넣기 하는 악플러도 있었습니다. 심지어 제 가족을 죽이겠다는 악플을 받았을 때 더 이상 참을 수 없어 변호사를 만났습니다. 몇 달간 수천 개의 증거자료가 금세 모였습니다. 이 모든 일은 준비도 과정도 다 힘들었습니다. 악플러들이 모두 벌을 받는다고 해도, 언제 또 다른 악플러가 나타날지 모르는 일이었습니다.

그럴 때마다 밖으로 나갔습니다. 집과 사무실 사이에 세곡천을 낀 작은 산책로가 있었는데 그곳에서 조깅이나 산책하는 사람들이 눈에 띄었습니다. 밤마실로 건강과 활력을 잡으려는 이들은 생각보다 많았습니다. 그러나 너무 늦은 밤에 빠르게 뛰고 돌아오면 도무지 잠이 오지 않았습니다.

화가 나서 뛰다가 돌아온 날엔 더 못 잤습니다. 이유를 알아보니 체온도 높아지고, 교감신경도 흥분되기 때문이었습니다. 교감신경계는 위급 시에 신체가 적응하는 힘을 강하게 만들어주는데요. 이 상황이 되면 동공은 확대되고, 두피는 쑤시고, 심장은 두근거리고, 피부는 차갑고, 호흡은 빨라집니다. 당연히 잠은 저 멀리 달아나버립니다.

이 사실을 알고부터는 설렁설렁 별이나 달을 보며 걸었습니다. 그러다 보면 마음이 편안했습니다. 저는 어느 날 산책을 하며 반짝이는 별들을 향해 이렇게 말했습니다.

"밤길을 비춰줘서 고마워, 나 이제 달라지고 싶어. 더 이상 악플에 마음 쓰고 싶지 않아. 이제부터 어떤 악플을 보더라도 편안할 수 있도록 내면의 힘을 더 키우고 싶어."

이렇게 선택하고 나니 내 안에 무너진 중심이 바로 서는 기분이었습니다. 이제 그 무엇을 봐도 잠시 감정이 요동칠 뿐 다시 원래의 모습으로 돌아올 수 있게 되었습니다.

더 어려운 일 선택하기

《수도자처럼 생각하기》의 저자 제이 셰티는 "건강한 습관은 처음엔 하기 싫어도 하고 나면 행복해진다. 건강하지 않은 습관은 처음엔 하고 싶지만 하고 나면 기분이 좋지 않아진다."라고 말했습니다.

운동하기, 새벽에 일어나 책 읽기, 몸에 좋은 음식 챙겨 먹기, 이 닦고 치실하기, 씻기, 밤늦게 SNS 보지 말고 일찍 자기 등은 쉬운 길은 아닙니다. 분명 미루고 싶고, 하기 싫고 짜증이 나서 몸을 몇 번 배배 꼬아야 하기도 합니다.

반면 운동 빠지기, 책 안 보고 넷플릭스 보기, 라면이나 치킨 등 인스턴트 먹기, 씻지 않기, 밤늦게까지 SNS 보기 등은 너무도 쉬운 일입니다. 분명 시키지 않아도 자동으로 하게 되는 일이지요. 그러나 이런 습관이 수십 년 동안 누적된다면 어떤 결과를 초래할까요? 별것 아닌 선택이 쌓여 어떤 미래를 만들까요?

무라카미 하루키의 《상실의 시대》에는 "인생은 비스킷 통"이라는 이야기가 나옵니다. 비스킷 통에 좋아하는 것과 좋아하지 않는 것이 있을 때, 좋아하는 것만 다 먹어버리면 어떻게 될까요? 결국 나중엔 좋아하지 않는 것만 남게 됩니다. 그래서 괴로운 일이 생길 때 지금 이걸 겪어두면 나중에 편안해진다고 생각하라 말합니다.

여러분도 지금 해두면 내일이 편해질 일들을 택하시기 바랍니다. 이 사소한 선택이 당신의 삶을 완전히 바꿔버릴 겁니다.

오늘은 좋은 날이라고 말하기

하버드 그랜트 스터디는 하버드대학교 졸업생 268명의 삶을 75년간 추적 조사하면서 이들에 관한 막대한 양의 자료를 수집했습니다. 연구자들이 자료를 샅샅이 조사한 결과 참가자의 삶의 질을 안정적으로 예측할 수 있는 유일한 요소는 '사랑'이었습니다. 참가자들이 성공과 관련된 외부 지표(돈, 잘나가는 커리어, 훌륭한 건강 상태)를 아무리 많이 갖고 있어도, 사랑을 주고받는 인간관계가 없으면 행복하지 않았습니다.

사랑을 주고받는 인간관계는 어떻게 만드는 걸까요? 가장 쉽게 할 수 있는 방법은 먼저 나 자신과 편안한 관계가 되는 것입니다. 뇌 전문가이자 정신과 의사인 닥터 다니엘 아먼은 아침에 일어나면 무조건 "오늘은 좋은 날이 될 거야."라고 말하라고 합니다. 이런 의식적인 행동은 뇌를 살짝

밀어줍니다. 잠재의식은 당신이 하는 말을 귀담아듣고 그대로 현실화합니다. 나 자신과 편안한 사이가 되는 방법입니다.

만약 당신이 습관적으로 "오늘은 일하기 싫어. 오늘은 엉망일 거야."라고 말한다면 당신의 하루가 엉망으로 펼쳐질 수밖에 없습니다. 왜냐하면 방금 전에 그렇게 되도록 잠재의식을 그렇게 프로그래밍했기 때문입니다.

만약 당신의 셀프이미지가 엉망이고, 의식적으로 실패를 부르는 말을 선택한다면 하루를 망치는 모든 준비물을 갖춘 셈입니다. 당연히 당신에게 다가오는 사람들도 상처입히게 될 것입니다. 그리고 가장 상처 입는 사람은 바로 당신 자신입니다.

일반적으로 사람들은 부정적인 생각이 들 때 그 생각을 그대로 표현합니다. 그러면 그 생각에 잠재의식도 함께 하면서 더욱더 기분이 나빠집니다. 그러니 이제 당신이 하는 말에 주의를 기울여보세요.

의식적으로 좋은 말을 선택하세요. 용기내고, 성장할 수 있도록 스스로를 격려해 주세요. 정체되어 있을 때보다 성장할 때 우리는 생생하게 살아있음을 느낍니다. 2019년 레이디 가가는 아카데미 시상식에서 수상을 하고 이렇게 소감을 밝혔습니다.

"정말 오랜 시간 노력해왔어요. 이기기 위한 게 아니었어요. 포기하지 않으려던 거였어요. 꿈이 있다면, 싸워 이뤄내세요. 열정에는 훈련이 필요해요. 얼마나 많이 거절당하느냐의 문제가 아니에요. 얼마나 맞고 쓰러지냐의 문제도 아니죠. 얼마나 많이 다시 일어설 수 있느냐, 얼마나 용감하게 나아갈 수 있느냐의 문제예요."

입만 열면 할 수 있다고 말하는 사람이 되어보세요. 당신의 잠재의식은 당신이 어떤 말을 할지 기다리고 있기 때문입니다. 당신 자신이 스스로를 격려하는 코치가 되어보세요. 얼마나 많이 넘어지고 맞고 쓰러지는지를 세지 말고, 얼마나 많이 다시 일어설 수 있는지에 집중하세요. 그럼에도 불구하고 한 번 더 용감하게 나아갈 수 있습니다. 기억하세요, 당신은 충분히 잘하고 있습니다.

감정 인정하기

30대의 어느 날, 저는 죽음과 같은 두려움을 만났습니다. 죄책감, 슬픔, 무기력, 분노 등의 거대한 감정의 파도에 휩쓸려 완전한 내려놓음을 경험해야 했습니다. 수백 번 죽고 다시 태어나는 것 같은 날들이 계속되었습니다.

　파도에 휩쓸려 혼란스러운 가운데 했던 말과 행동은 평소와 달랐습니다. 그러자 손가락질하며 떠나가는 사람들도 있었습니다. 당연한 일이었습니다. 저조차도 저를 떠나고 싶었으니까요. 실수하는 스스로가 밉고 용서하기 싫었습니다.

　그때 저를 큰 빛으로 비춰준 존재들이 있었습니다. 이름도 모르는 분들의 수많은 응원 댓글과 이메일, 괜찮다고 지나간다고 격려해 주던 스승님들의 메시지, 다정한 목소리, 도와주시겠다고 연락해 주신 많은 고마운 분들, 저는 그 사랑에 힘입어 제 마음을 바라볼 용기를 가질 수 있었습니다.

등대 같은 빛은 낮이고 밤이고 쉼 없이 계속되었습니다. 커다란 어둠 속에서 고개를 들면 빛이 보였습니다. 덕분에 무사히 감정의 바다를 건널 수 있었습니다. 감정의 파도는 두려워하고 피하면 나를 죽일 듯 커졌고, 끌어안고 사랑하면 거품처럼 사라졌습니다.

저는 한 점의 두려움도 없이 할 수 있다고 말하는 사람이 되고 싶었습니다. 그래서 마음속 감정들을 모두 인정해 주기 시작했습니다. 어떤 날은 좌절해 울었고, 어떤 날은 속상해서 화를 냈고, 어떤 날은 아무것도 할 수 없다는 생각에 아기처럼 잠들었습니다. 이 과정에선 오직 자유와 선택만 있었습니다. 겪어야 할 감정을 누르지 않고 온몸으로 겪고 나면 평화가 가득했습니다.

저는 하루에 한두 번씩 감정이 몸을 통과하는 것을 느꼈습니다. 그렇게 감정들을 인정해 주자 점차 빈도가 줄기 시작했습니다. 그 뒤로 의심 없이 정말 할 수 있다고 믿고 말할 수 있었습니다. 세상이 알 수도 없는 깊은 평화 속에서 다시 한번 나를 믿기로 결심했습니다. 《틱낫한의 사랑 명상》에서 스님은 이렇게 썼습니다.

"우리가 누군가에게 반하는 이유는 상대를 진정으로 이해하고 사랑해서가 아니라, 나의 고통에서 눈을 돌리기 위해서일 때가 있다. 나 자신을 이해하고 사랑하는 법을 배우고, 나에 대한 진정한 연민을 갖게 되면 진정으로 남을 이해하고 사랑할 수 있다."

나의 감정을 있는 그대로 바라보며 사랑하는 과정에서 저는 좀 더 깊은 연민을 가지게 되었습니다. 이제 남도 더 잘 이해할 수 있으며 사랑하게 되었습니다.

지금 당장
지름길 선택하기

어제 오전엔 아이들을 보고 오후엔 사업가로 일하고 밤엔 유튜브 라이브를 진행했습니다. 늦은 시간이 되니 체력적으로 힘들고 지쳤습니다. 이렇게 몸이 피곤할 때 청취자들이 부정적인 자신의 고민을 길게 여러 번 쓰면, 인간적으로 지치는 마음이 들기도 합니다. 하지만 얼마나 답답하면 이밤에 글을 쓸까 생각하며 다시 마음을 잡고 심호흡을 하게 됩니다. 자신의 마음을 털어 놓는 시간이 꼭 필요한 분이 계시구나 생각합니다.

저 또한 젊은 시절의 숱한 밤을 속상해하고, 답답해하며 보냈습니다. 그때 정말 아무나라도 붙잡고 질문을 하고 싶은 심정이었습니다. 그래서 청취자들의 고민에 대한 제 생각을 말씀드리기로 선택했습니다. 끝날 것 같지 않은 사람들의 고민들에 사랑을 담아 기쁨으로 답했습니다. 방송이 끝나고 피곤한 몸을 끌고 집에 돌아가 곯아떨어지고 말았습니다. 그리고 다음 날, 이런 감사한 댓글들을 받았습니다.

"새해님 영상 보기 시작하면서 나락으로 떨어지던 제 삶이 완전히 달라졌어요."

"날 떠난 사람이 미웠습니다. 그러나 김새해님 라이브 말씀 중 흐린 날도 하늘이라는 말, 사랑이 넘쳐흐르면 결국 나를 사랑하게 된다는 말, 죽고 싶은 날도 내 인생이라는 말에 새로운 프레임을 얻었습니다. 나는 살아났습니다. 더 이상 삶을 포기하고 싶다고 생각하지 않습니다. 무려 11년 만에 삶을 포기하고 싶지 않다는 생각 처음 해봅니다."

저는 무척 기뻤습니다. 제 방송으로 인해 삶을 바라보는 관점이 달라졌다는 말을 들으면 행복합니다. 그래서 댓글을 달았습니다.

"축복해요. 우리 남은 날들도 주어진 하루를 사랑하며 기쁘게 살아요. 다 잘될 거예요. 그렇게 살다가 세상을 떠날 때 '나는 만족합니다. 내 삶은 멋지고 완벽했어요.'라고 고백할 수 있을 거예요. 나눠줘서 고마워요. 제게 큰 힘이 되었습니다. 사랑합니다♥"

정말 하기 싫어 온몸이 비비 꼬이는 그런 날이 있습니다. 그러나 한 번 심호흡을 하고 결단을 내리고 행동하면 역시 잘했다는 생각이 들곤 합니다. 그날도 마찬가지였지요. 자신의 마음을 털어놓는 시간이 꼭 필요한 분이 계셨던 겁니다.

덕분에 앞으로도 기쁘게 영상 찍을 힘이 생겼습니다. 네 아이를 낳고 키우며 8년간 유튜브 영상 1,600개를 어떻게 만들었냐는 분들이 계십니다. 전부 다 이런 마음으로 만들었습니다. 제 삶 속에서 가득했던 물음표가 느낌표로 변하는 순간들이 너무도 귀했기에, 그런 순간들을 선물하고 싶어 꾸준히 만들게 되었습니다.

어쩌면 과거의 나를 돕는다는 마음으로 했던 모든 발걸음들은 가장 돈도 안 되고, 느리기만 한 서행차선처럼 느껴졌습니다. 그런데 지금 와서 보니 그것이 가장 빠른 지름길이었음을 깨닫습니다. 여러분도 과거의 나를 돕는 마음으로 하나의 발자취를 꾸준히 남겨보시는 건 어떨까요? 하고 있는 모든 일에 사랑 한 스푼을 담아보세요. 당신의 선택을 온 세상이 기다리고 있습니다.

자신감이 없고 무기력할 때 제가 좋아하는
이효리의 말을 떠올려보세요.

1. 내가 막 꾸며지만 자신감이 생기고
내가 예쁘지 않으면 사람들이 날 예쁘게
봐주지 않을 것 같다는 생각… 그런데
그건 내가 나를 예쁘게 안 봐서 그런 거야.
사람들이 날 예쁘게 안 보는 게 아니라.

2. 왜 안 될 거라는 생각을 먼저 해요?
해보세요. 안 되면 어때요.

3. 괜찮아. 울면 어때. 우는 건 좋은 거야.
안에 쌓여 있는 게 나오는 거니까.

나만을 위한 시간으로
하루를 시작하기

가세가 기울고 여러 장소를 떠돌며 살기 위해 일할 때 기댈 곳은 어디에도 없었습니다. 당시 정보가 부족하던 제게 임금체불이나 성추행, 인격모독, 정당하지 않은 대우 등은 늘 입어온 옷처럼 당연하게 느껴지기도 했습니다.

오랜 시간 저는 스스로를 부품이나 엑스트라로 여기며 살아왔습니다. 세상이 나를 어떻게 대할지를 당장 바꿀 힘은 없었습니다. 그러나 내가 어떤 사람인지 세상에 보여주고 싶었습니다. 세상이 나를 어떻게 대하더라도, 내가 자신을 어떻게 대할지에 대한 결정권은 내게 달려있습니다.

저는 샌드위치 가게, 옷 가게, 식당, 햄버거 가게, 꽃 가게, 화장품 가게, 농장, 사무실 등에서 아르바이트를 하며 생계를 유지했습니다. 그리고 기회가 될 때마다 책을 보고 오디오북이나 강의 CD를 들었습니다. 사실 일을 하러 가면

갑작스러운 연장근무 등 변수가 많았습니다. 또 집에 돌아오면 온몸이 피곤해 도무지 집중하는 것이 어려웠습니다. 차라리 빨리 잠들고 새벽 3시쯤 일어나는 것이 좋았습니다. 샌드위치 가게에 6시까지 출근하려면 5시부터 전철역을 향해 뛰어야 해서 더 일찍 일어나야만 했습니다.

그렇게 알람을 듣고 일어나면 베개 근처에 놔둔 책을 읽었습니다. 눈이 뻑뻑해져 나중엔 가습기도 틀어두고 더 일찍 일어나 오랜 시간 공부했습니다. 그렇게 수년간 새벽 2~3시간 정도를 아무런 방해 없이 나만을 위해 보냈습니다.

물론 전철을 오고 가며 꾸벅꾸벅 조는 날이나, 너무 힘들어 일어나지 못한 날도 많았습니다. 그러나 오전에 나만을 위한 시간을 내는 습관은 제가 원하는 삶으로 가는 디딤돌이 되어주었습니다. 매일 꾸준히 스스로와의 약속을 지키는 모습을 보며 서서히 제가 저 자신을 믿기 시작한 겁니다.

제가 그토록 오래 일하길 갈망했던 아르바이트들은 한결같았습니다. 바쁜 시즌이 끝나고 나면 이런저런 이유를 대며 저를 강제 해고했습니다. 1년 가까이 일했는데 당일 오전에 출근해 봉투를 하나 쥐여 주며 내일부터 나오지 말라고 하는 경우도 있었습니다. 그런 날엔 집으로 가는 길에 계속 눈물이 나고 사는 게 무서웠습니다. 그래서 해고당하지 않을 나만의 회사를 가지고 싶었습니다. 서서히 공부하며 계획들을 실행해 나갔습니다. 이렇게 살아가자 세상이 나를 대하는 방식 또한 달라졌습니다. 저는 이제 돈과 운을 끌어당기며 자유롭게 살아갑니다.

당신 역시 마찬가지입니다. 당신이 무슨 일을 하며, 어떤 말을 들으며 살았든 신경 쓰지 마세요. 당신은 무조건 잘될 수밖에 없는 사람입니다. 그러나 만약 아직 잘되지 않았다면 이유는 '주제 파악'을 제대로 하지 않았기 때문입니다. 당신은 스스로에 대해 몰라도 너무 모릅니다. 똑똑히 기억하세요. 당신은 '잠재력이 충분한 천재'입니다.

만약 당신이 능력을 발휘하지 못했다면 당신의 에너지를 정렬하지 않았기 때문입니다. 자신을 응원하기로 결정했다면 어떤 상황에서도 스스로를 믿어주는 태도를 유지해야 합니다. 당신은 스스로를 충분히 믿어주나요? 당신이 지속적으로 꾸준히 스스로를 아껴주고 응원해 주고 서포트해 준다면, 당신의 삶은 달라질 수밖에 없습니다.

익숙하지 않다고요? 맞습니다. 당연히 그럴 겁니다. 우리는 자라면서 자신을 온전히 믿는 사람을 본 적이 거의 없습니다. 그러나 생각해 보세요. 만약 당신이 스스로를 의심한다면 이 세상 누가 당신을 믿고 함께 일하려 할까요?

아인슈타인은 "모든 아이는 천재로 태어난다."라고 말했습니다. 실제로 아이들은 무한한 가능성을 지닌 천재로 태어납니다. 원하는 어떤 목표든 이룰 수 있고, 아무리 어려운 문제라도 풀 수 있는 능력은 이미 당신 안에 있습니다.

그러니 좋은 결과를 거둘 수 있도록 스스로를 믿어주세요. 집에서 내가 주인공이 될 수 있는 장소를 만들어보세요. 그리고 그 안에서 당신의 능력을 발휘하세요. 그곳에서 영감을 주는 책을 보고, 좋은 음악을 틀어놓고 문제에 대한 수많은 해결법을 상상해 보세요. 커다란 행복과 성장을 받아들일 준비를 하세요. 당신은 결국 잘될 수밖에 없는 사람입니다.

우선순위를 정하기

서두르는 순간 창조자가 아닌 경쟁자가 된다는 말이 있습니다. 그러면 어떻게 해야 서두르지 않고 창조할 수 있는 걸까요? 스스로 서두른다고 느낄 때마다 멈추어 서서 지금 하고 있는 일이 최우선 순위가 맞는지 확인해 보면 어떨까요?

세계적인 비즈니스 컨설턴트인 브라이언 트레이시는 지금 하고 있는 일들 중 그만둘 일을 찾아보라고 조언합니다. 그리고 당신의 인생을 정말 좋게 만들 수 있는 한두 가지 일에 더 많은 시간을 쓰라고 했습니다. 이렇게 하면 경쟁에서 벗어나 창조자로 살 수 있게 됩니다.

우리는 늘 무리하게 많은 일을 한 번에 하고 싶어 합니다. 연초가 되면 책도 많이 읽고, 운동도 열심히 하고, 집도 깨끗이 치우고, 공부도 더 열심히 할 수 있겠다는 착각에 빠지죠. 그러나 작심삼일을 몇 번 반복하다 탈진하게 됩니다. 계획했던 건 반의반도 하지 못한 채 후회하는 패턴으로 들어가게 됩니다.

성공한 사람과 그렇지 않은 사람은 남다른 사고방식을 가지고 있습니다. 성공한 사람들의 시간 장악능력이 월등히 뛰어난 것입니다. 이러한 시간관리에는 제일 먼저 가장 중요한 일을 해치우는 습관이 숨겨져 있습니다.

지금 당신의 삶에서 미루면 안 되는 가장 중요한 일은 무엇인가요? 이가 아픈데도 참고 있나요? 눈이 피로하고 건조해지는데도 밤새 SNS를 보고 있나요? 입을 옷이 없는데도 빨래를 미루나요? 돈 걱정은 하면서도 틈만 나면 돈 벌기보다 돈 쓸 생각부터 하시나요?

지금 하기 싫지만 당신에게 도움이 될 바로 그 일은 무엇일까요? 저는 매일 저녁 자기 전 '내일 단 한 가지 일밖에 못한다면 무슨 일을 해야 할까?' 생각합니다. 그리고 아침이 되면 그 일을 제일 먼저 해치웁니다. 지금 쓰고 있는 이 책도 그렇게 마음을 다잡고 해치운 일 중 하나입니다.

먼저 제일 중요한 일을 해버리고 나면 남은 시간을 쫓기듯 보내지 않아도 됩니다. 중요한 모든 일들을 오전 11시가 되기 전 해치우는 습관을 가진다면 하루 종일 평화로울 겁니다. 지금 당신 앞에 있는 어렵고 하기 싫지만 가장 중요한 일은 무엇일까요? 어렵지만 중요한 일과 쉽고 중요하지 않은 일 중 전자를 선택하는 습관을 가진다면 훨씬 만족하는 삶을 살 것입니다.

앞으로 5~10년간 어떤 모습으로 살고 싶은지 명확하게 마음속으로 그려보세요. 그리고 그런 나의 모습에 도움이 될 만한 일들을 적고, 그 일들을 하나씩 처리하는 해결사가 되세요. 매일 우선순위를 정해 일하는 습관을 선택하세요. 내가 오늘 선택한 일은 원하는 미래를 당기는 자석이 되어 내 꿈을 현실로 만들어줍니다.

매일 꾸준히 실행하는 습관은 자신을 믿고 멋진 삶을 선택하는 원동력이 됩니다. 원하는 삶을 살고 있는 자신을 떠올리며 오늘 내가 꿈에 한 걸음씩 다가가고 있다고 상상하세요. 내 미래를 내가 원하는 대로 만들어가고 있음에 감사하세요. 그러면 당신의 미래와 현재의 당신이 매우 밀접하게 연결되기 때문에 행동할 때 실수하지 않을 것입니다.

마감 시간
정해놓고 일하기

세계적인 피겨 스케이터 김연아 선수를 다룬 다큐멘터리의 한 장면입니다. 김연아 선수가 스트레칭을 시작할 때 이런 질문을 받습니다.

"스트레칭할 때 무슨 생각을 하세요?"

그러자 김연아 선수가 대답합니다.

"무슨 생각을 해. 그냥 하는 거지."

선수의 이 담백한 답변은 인터넷에서 짤로 돌아다니며 유명세를 탔습니다. 같은 동작을 수만 번 반복한 사람의 말이기에 더욱 내공이 느껴지는 것 같습니다. 사사건건 이유와 변명이 많은 사람은 실행하지 못합니다. 완벽한 준비를 갖추려는 사람도 실행하지 못합니다. 너무 걱정이 많은 사람 또한 마찬가지입니다.

행동하기 전 너무 많이 생각하다 보면 녹초가 되어 잘할 수 없게 됩니다. 그것보다 눈을 질끈 감고 하는 날이 길어지면 어느새 몸에 완전히 배이게 되는 것이지요. 그러나 하기 싫고, 도망가고 싶은 마음이 생긴다면 시작도 전에 벌써 지치게 되는데요. 그럴 때 이렇게 생각하는 건 어떨까요?

"딱 하루만 한다."

저의 경우 이런 마음으로 살다 보니 생활비가 모자라 투잡, 쓰리잡을 알아보면서도 자는 시간을 쪼개 좋아하는 그림을 그릴 수 있었습니다. 그림이 많아지다 보니 전시장을 찾다 캐나다 한인 미술가 협회도 가입하게 되고, 자연스럽게 단체전시를 많이 하게 되었습니다. 그런데 정말 놀라운 점은 그림 한 점 그릴 여유를 내지 못하다가 막상 전시일정이 정해지면 미친 집중력으로 그림을 시작하는 것이었습니다.

2년간 70편의 아트칼럼을 쓴 것도, 네 아이들을 키우며 3권의 책을 쓴 것도, 20년간 그린 189점의 그림 전시를 하게 된 것도, 8년간 1,600개의 영상 콘텐츠를 올리며 사업을 하는 것도 모두 다 마감 시간이 정해져 해낼 수 있는 일이었습니다. 마감을 지키는 습관이 몸에 밴다면, 그렇게 어렵지 않게 일을 마무리할 수 있게 됩니다. 정해진 마감 시간과 딱 하루만 한다는 정신이라면 못 이룰 일이 없습니다.

매 순간 내가 선택한 것들의 합이 내 삶을 만들어가니

다. 지금 미루고 평생 후회할 것이냐, 딱 한 번만 해내고 나중에 웃을 것이냐 선택할 수 있습니다. 그리고 이런 선택이 모여 삶이 천지차이로 바뀌게 됩니다.

목표와 계획이 확실한 사람은 미루지 않습니다. 미루면 어차피 나중에 몰아서 해야 한다는 걸 알기 때문입니다. 진정 원한다면, 나는 무엇이든 해낼 수 있습니다. 해야 할 일이 있다면 마음을 비우고 그저 계속해 보세요. 무슨 생각이 더 필요하나요. 한다고 마음먹으면 그냥 하는 겁니다. 오늘이 미뤘던 일을 해치우기 가장 좋은 날입니다.

모든 일을
나를 위해 하기

마음가짐에 대한 하버드대학의 실험 중 청소부들을 대상으로 한 유명한 실험이 있습니다. 청소부들은 나이가 들수록 혈압이 높아지고, 건강이 악화되었는데요. 그들은 매일 15개의 호텔방을 청소하느라 너무 바빠 운동할 시간이 없었습니다. 이때 상담원은 두 호텔 가운데 한 곳의 청소부들에게만 그들의 청소 활동이 구체적으로 얼마나 살을 빼고 운동 효과를 내는지 상세하게 설명했습니다.

"여러분은 매일 살이 빠지는 좋은 운동을 하고 있는 거예요."

그들이 쉬는 방에는 침대를 치울 때나 전체 청소를 할 때 몇 칼로리가 소모되는지 적어두었습니다. 다른 청소부들에겐 아무런 정보도 주지 않았습니다. 그 후 놀라운 변화가 나타났습니다. 청소가 살 빠지는 '좋은 운동'이라고 설명을 들은 청소부들은 1개월 후 모두 체중, 체지방 비율, 허리 둘레가 줄었습니다. 수축기 혈압도 떨어지는 등 건강 상태가 놀랍도록 개선된 것입니다.

그러나 다른 방 청소부들의 몸 상태는 별다른 차이가 없었습니다. 나를 위한 운동이라고 생각하며 일하는 것과 힘든 일이라고 생각하는 것의 차이는 대단했습니다. 이런 연구 결과를 볼 때 삶을 바라보는 시선이 얼마나 중요한 것인지 알 수 있습니다.

저는 직장이 30번 바뀌며 신기한 감정을 느꼈습니다. 돈 때문에 억지로 하던 일들이 막상 그만두고 나면 그리워졌습니다. 일을 그만두게 되며 짐을 챙겨 나올 때 신기하게 늘 공통적으로 떠오르는 장면이 있습니다. 바로 그 일을 시작할 때 좋아하던 제 모습입니다. 여러 날 투덜대며 마지못해 했던 일들은 사실 면접 보는 날엔 간절히 소망했던 일이었습니다. 같은 일인데, 관점만 달라진 것입니다.

만약 지금 돈을 벌기 위해 어쩔 수 없이 일한다고 생각하시나요? 그렇다면 계속해서 죽지 못해 일해야 하는 삶만 반복될 수도 있습니다. 그러나 돈도 벌고, 건강해지고, 행복해진다고 생각하면 어떨까요? 무엇을 하느냐보다 중요한 건 어떤 마음으로 하느냐입니다. 모든 일을 '나를 위한 일이다.' 생각하고 해보세요.

부정적인 생각이 들 때 의식적으로 말버릇을 바꿔보세요.
긍정적인 말버릇은 삶에 모든 좋은 것을 초대하는 마중물이 됩니다.
제가 자주 반복했던 행운의 문장들을 읽어보세요.
금세 마음이 편안해지게 됩니다.

내가 과연 할 수 있을까? →
내가 원한다면 나는 언제든 할 수 있어.

언제까지 이 일을 해야 하지? →
내가 원한다면 언제든 그만둘 수 있어.

언제까지 남의 일만 하며 살아야 하지?
내가 손해 보는 건 아닐까? →
나는 지금 내 일을 하기 위한 방법들을 돈까지
받으며 배우고 있어. 열심히 일을 하다 보면
언젠가 내가 차린 회사에 나랑 똑같이
일하는 사람들이 들어올 거야.

운동할 시간도 하나도 없잖아. →
내가 하는 모든 움직임이 다 운동이야.

Better things are coming

매일이 늙어가는 것 같아. →
매일 점점 더 건강하고 지혜로워지고 있어.

해봐야 소용이 없어. →
매일 조금씩 하다 보면
결국 완전히 달라질 거라고 믿어.

내가 뭘 할 수 있겠어. →
원한다면 내가 원하는 걸 모두 해낼 수 있어.

다 때려치우고 놀러 다니면 좋겠다. →
원한다면 충분히 즐기며 살아갈 수 있어.

하루에 하나씩 마음챙김 TO DO LIST

- ☐ 아침 확언
- ☐ 저녁에 격렬한 운동하지 않기
- ☐ 더 어려운 일 선택하기
- ☐ 오늘은 좋은 날이라고 말하기
- ☐ 감정 인정하기
- ☐ 지금 당장 지름길 선택하기
- ☐ 나만을 위한 시간으로 하루를 시작하기
- ☐ 우선순위를 정하기
- ☐ 마감 시간 정해놓고 일하기
- ☐ 모든 일을 나를 위해 하기

Part 5

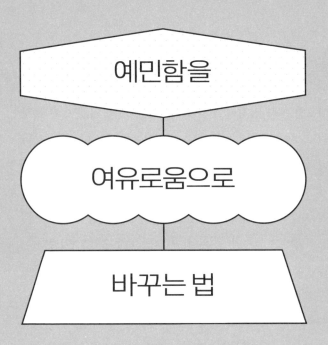

예민함을

여유로움으로

바꾸는 법

심호흡하기

세상이 무섭게 느껴졌던 날이 있었습니다. 이런 시기가 찾아오면 괜히 심장이 철렁거리고, 낯선 사람의 눈빛이 무서웠고, 새롭게 시작하는 일은 피하고 싶었습니다. 온 세상이 내 잘못만 찾아낼 것 같았습니다.

어느 날 일요일 아침이었습니다. 나는 창가에 비치는 햇빛을 멍하게 바라보다 깊게 심호흡을 했습니다. 4초간 숨을 들이마시고, 7초간 숨을 참고, 8초간 숨을 내쉬었습니다. 답답하고 무서울 때마다 그렇게 호흡했습니다. 이는 하버드 의대 앤드류 웨일 교수의 478 호흡법인데요. 폐에 많은 산소를 공급하고 뇌를 안정시켜줍니다. 숨을 마실 때마다 모든 좋은 것이 내게 들어온다고 상상했고, 숨을 내쉴 때마다 모든 나쁜 것이 나간다고 상상했습니다.

그리고 14년이 지났습니다. 제 삶은 참 많이 달라졌습니다. 이제 일요일 아침에 급히 일하러 가지 않아도 됩니다. 일요일 아침은 참 사랑하기 좋은 날입니다. 별다른 일이 없다면 사람도 동물도 다 늘어져 있기 때문입니다. 나는 일요일의 나를 사랑합니다. 월, 화, 수, 목, 금, 토의 나도 좋긴 하지만, 일요일의 나는 좀 더 부드러운 느낌이라 좋습니다. 뭉그적뭉그적 이불 안에서 계속 누워있고 싶은 나를 사랑합니다.

일요일 오전 침실에선 시원하게 등이나 엉덩이를 긁어도 됩니다. 나는 아무 눈치 볼 일 없는 이 시간을 사랑합니다. 나는 이 글을 쓰며 거의 움직이지 않고 있습니다. 내 배에 대고 꾹꾹이를 하는 고양이 옹이를 사랑하기 때문입니다.

나는 푸른 하늘이 안기는 우리 집 창가를 사랑합니다. 나는 각자 하고픈 놀이를 즐기는 네 아가들을 사랑합니다. 오이샌드위치는 모닝빵이 아닌 식빵이어야 한다고 주장하는 첫째, 눈을 뜨면 뽀뽀해 주고 물 한 컵을 가져다주는 둘째, 알몸으로 뒹굴뒹굴하는 셋째, 기저귀를 차고 정신없이 옹알이하는 넷째, 네 아이들 모두 다 개성 넘치고 좋습니다.

나는 아침마다 외출을 해야 하는 강아지 보미를 사랑합니다. 산책하고 싶어 난리가 난 보미의 똥꼬발랄한 움직임을 보면서 배변봉투를 챙겨 산책을 합니다. 산책하고 돌아오는 길에 빵 가게에 들러 갓 구워진 식빵을 삽니다. 이곳은 식빵을 사면 작은 생크림을 줘서 행복합니다.

아가들이 얼굴에 잔뜩 묻히고 먹는 것을 보는 것도 즐겁습니다. 산책 후 돌아오니 부엌에선 맛있는 국 냄새가 납니다. 집에서 시원한 멸치 국물 냄새가 나면 기분이 좋습니다. 다시 돌아와 방에 누워 책을 보다 보면 아가들의 부단한 움직임과 함께 이것도 저것도 다 느낄 수 있습니다. 나는 온식구들이 다 집에 있는 일요일 오전이 좋습니다. 이 북적거림과 뽀시락거림을 사랑합니다. 14년 전의 나는 온 세상이 두려웠는데, 이제 나는 그저 행복할 뿐입니다.

사랑하는 사람의 눈에는 사랑만 보입니다. 두려워하는 사람의 눈에는 두려움만 보입니다. 나는 두려움과 사랑의 어딘가에서 오늘도 사랑을 선택하고자 합니다. 선택의 권한은 내게 있습니다. 이 권한이 참으로 귀한 것임을 압니다.

나는 깊게 숨을 쉽니다. 4초간 들이마시고, 7초간 숨을 참습니다. 그리고 8초간 천천히 숨을 내쉬고 눈을 뜹니다. 나는 오늘의 나를 사랑합니다. 내 모든 일이 다 잘 되어 가고 있음을 압니다. 온 우주가 나를 사랑하고 있음을 압니다. 시간이 지나고 보니 모두 다 괜찮은 일이었습니다. 만약 신을 만난다면 감사를 드리고 싶습니다. 태어나서 참 좋습니다. 온통 감사할 일뿐입니다.

26분간
낮잠 자기

저희 집에는 8살 고양이 옹이, 9살 강아지 보미, 미니메추리 9마리가 살고 있습니다. 원래는 고양이 하나였는데, 유기견 임시보호를 하다 입양하게 되었고 미니메추리 한 쌍을 길렀는데 알을 낳아 숫자가 늘었습니다. 네 아이들과 함께 동물들을 번갈아 돌보고 만지고 예뻐해 주고 있는데요. 동물들과 아가들의 공통점을 하나 발견했습니다. 그것은 바로 낮잠입니다. 아이들은 하루 한 번 낮잠을 잡니다. 아이들이 잘 때 옹이도, 보미도 잡니다. 미니메추리도 낮잠시간을 가집니다. 낮잠을 자고 난 아이들의 표정은 밝고, 편안해 보입니다.

그런데 낮잠이 필요한 것은 어른도 마찬가지입니다. 수면과학 연구 단체 '슬립 포 석세스Sleep for success'는 낮잠은 창의성과 관련한 우뇌의 활동을 활발하게 만들어준다고 합니다.

미국 대통령 프랭클린 루스벨트는 점심 식사 후 꼭 30분간 낮잠을 잤다고 합니다. 할 일이 엄청나게 많은 대통령이 어떻게 편하게 낮잠을 잘 수 있었을까요? 그는 "30분의 낮잠이 밤의 3시간과 같은 가치를 지닌다. 실제로도 그 덕분에 매일 3시간씩 더 일할 수 있었다."라고 말했습니다.

해리 트루먼 미국 대통령 역시 조금이라도 여유가 생기면 눈을 붙였고, 중요한 연설을 앞뒀을 때는 15~30분 정도 잠을 자고 일어났습니다. 노벨문학상 수상자인 소설가 앙드레 지드도 낮잠 시간을 꼭 가졌습니다. 석유 갑부이며 98세까지 장수한 존 록펠러는 사무실에서 반드시 30분의 낮잠을 잤다고 합니다. 낮잠 시간만큼은 그 어떤 사람이 불러도 절대 응하지 않았을 만큼 철저히 지켰습니다.

탐스 슈즈 대표 블레이크 마이코스키는 어려운 상황에서 결정 내리는 최고의 방법은 모든 의견을 듣고 잠을 자고 난 후에 결정을 내리는 것이라고 말했습니다. 윈스턴 처칠은 제2차 세계대전을 승리로 이끌었던 원동력이 '낮잠'이라고 했을 만큼 낮잠의 효과를 믿었습니다. 독일이 런던을 폭격할 당시에도 방공호에서 낮잠을 잤다고 합니다. 그는 "낮잠은 시간 낭비 아닌가요?"라는 질문엔 "낮잠 잔다고 해서 일을 덜 한다고 생각하지 말라. 그런 생각이야말로 상상이라고는 모르는 아둔함의 극치다."라고 답했습니다.

정신과 의사 가바사와 시온은 하루 26분간의 낮잠은 업무능력을 34퍼센트나 높인다고 말했습니다. 아세틸콜린이 활성화되면 아이디어가 솟아납니다. 아세틸콜린이 분비되면 해마에서 세타파가 생성되며 기억력과 발상력이 좋아지는 것이지요. 그러니 오늘부터 점심에 잠시 낮잠을 자는 습관을 가져보면 어떨까요? 알람을 맞춰놓고 딱 26분만 푹 주무시기 바랍니다. 일을 훨씬 더 잘할 수 있게 됩니다.

적당히 매운
음식 먹기

예민하고 스트레스를 받은 날은 유독 새빨갛게 양념된 매운 음식이 생각납니다. 실제로 매운 음식을 적절히 먹고 나면 왠지 모르게 기분이 좋아지는 것 같습니다. 왜 그럴까요?

매운맛은 미각이 아닙니다. 통증과 온도를 통해 혀를 자극하는 통각입니다. 매운맛을 내는 고추, 마늘, 후추 등을 접하면 우리 몸은 통각을 줄이기 위해 콧물이 나오고, 땀이 나고, 심장 박동이 빨라지기도 합니다. 이런 신호가 인식되면 뇌는 고통을 상쇄하기 위해 엔도르핀을 분비합니다.

엔도르핀은 통증을 줄일 뿐 아니라 아드레날린 수치를 올려 행복감을 느끼게 해주는 호르몬입니다. 뇌의학자 나홍식 교수는 '엔도르핀endorphin'이라는 이름에서도 알 수 있듯이 '우리 몸에서 분비되는 아편(endo(안, 내부)+morphine)'이라고 설명합니다.

엔도르핀은 심한 운동, 흥분, 통증, 매운맛 등 강한 자극에 의해 뇌에서 분비되며 고통을 완화시키고 쾌감을 느끼게 합니다. 그는 자주 매운 음식을 먹는 사람은 매운맛보다는, 매운 음식을 먹은 후 나오는 은근한 쾌감인 엔도르핀에 중독되어 있다고 보는 편이 맞다고 주장합니다.

매운맛이 결국 뇌를 교묘히 속이며 쾌감을 주는 것입니다. 미국의 주간지 〈타임〉은 "사람들이 매운맛에 끌리는 이유에 대해 스스로를 극한으로 몰아붙이는 과정에서 쾌감을 느끼기 때문"이라고 설명합니다. 먹방 유튜버들이 엄청나게 매운 고추나 카레 등을 먹으며 영상을 찍은 모습을 보면 희열이 느껴지기도 합니다.

매운 음식이 건강에 좋다는 연구 결과도 있습니다. 미국 오하이오주 클리블랜드 클리닉 연구팀의 연구 결과 식사 때 고추를 자주 먹은 그룹은 그렇지 않은 그룹보다 심혈관질환으로 인한 사망 위험이 26퍼센트, 암 사망률이 23퍼센트 감소했습니다. 연구팀은 고추에 든 캡사이신 성분이 항염증·항산화·항암 및 혈당 조절 효과가 있다고 밝혔습니다.

또한 매운 음식의 빨간색은 식욕을 가장 돋우는 색입니다. 인간은 진화론적으로 채소나 과일이 잘 익었을 때 보이는 새빨간 색을 기억하고 있기에 빨간색을 가장 영양이 좋은 상태라 인식하기 때문입니다.

저는 네 아이에게 모유 수유를 7년간 하며 매운 음식은 피하고 살았는데요. 이제는 아이들도 크고 저도 예전보다 건강해져서 매운 음식을 즐길 수 있게 되었습니다.

저는 가끔 매운 소스들로 요리하거나 배달 음식을 시켜 먹기도 합니다. 적당히 땀이 나는 짬뽕이나 떡볶이, 낙지볶음, 얼큰 칼국수, 마라탕, 매운 등갈비, 숯불구이 닭요리 등을 먹고 나면 기분이 상쾌해집니다. 입가심으로 시원한 생과일주스를 마시고 나면 행복한 마음이 듭니다. 만일 일이나 관계로 스트레스가 있다면 빨간색의 음식을 먹고 엔도르핀 효과를 누려 보세요.

블랙홀 시각화하기

블랙홀 시각화는 40대에 10억의 빚을 지고도 5년 만에 연매출 수천억 사업가가 된 켈리 최 회장님을 통해 널리 알려졌습니다. 켈리 최 회장님은 사업 실패 후 거액의 빚을 지고 집에서 나오지도 않고, 살이 엄청 쪄서 혼자 지냈다고 합니다. 큰 우울감과 좌절감 속에서 용기를 낼 수 없었습니다. 스스로에 대한 부정적인 감정과 두려움은 이루 말할 수 없이 커져갔지요.

이런 상황에서 큰 도움을 준 것이 바로 블랙홀 시각화였습니다. 블랙홀 시각화는 잉태된 순간부터 가지고 있는 모든 생각을 버리는 과정입니다. 눈을 감고 엄청난 크기의 블랙홀을 떠올린 후, 모든 기억이 블랙홀에 흡수된다고 상상하여 지난날의 감정을 완전히 비워내는 것입니다. 만약 당신이 걱정이 많은 편이라면 반드시 블랙홀 시각화를 하는 것이 좋습니다. 거대한 우주 청소기 블랙홀이 내 몸과 마음의 모든 찌꺼기를 빨아들여 텅 비워 준다고 상상해 보세요. 나도 모르는 새 쌓인 부정적 생각을 끊어내는 데 효과적입니다.

자기 전 블랙홀 시각화를 하면 부정적인 생각들이 사라지고 머리가 가벼워집니다. 한 달 동안 잠들기 전 한 번씩 블랙홀 시각화를 반복해 보세요. 기분이 한결 여유로워지는 것을 느낄 수 있을 것입니다.

성공 패러다임
무의식에 넣기

저는 루이스 헤이가 강연 중 나눈 토마토 나무 이야기를 좋아합니다. 잠시 토마토 나무를 생각해 보세요. 튼튼한 나무에는 100개 이상의 토마토 열매가 열립니다. 열매가 가득 열린 토마토 나무가 되려면 우선 조그만 씨앗에서부터 시작해야 합니다. 그 씨앗은 전혀 토마토 나무처럼 보이지 않고, 토마토 나무 같은 맛도 느껴지지 않습니다. 당신이 씨앗에 대해서 잘 모른다면, 정말 토마토 나무 씨앗이 맞는지 확신할 수 없을 것입니다.

일단 이 씨앗을 비옥한 땅에 심고 물을 주고 햇빛이 비치게 하세요. 조그만 싹이 처음 나왔을 때, 당신은 그 싹을 밟으면서 "토마토 나무가 아니잖아."라고 말하지는 않을 것입니다. 오히려 그 싹을 바라보며 "어머나! 드디어 나왔구나!"라고 말하며 기쁨에 겨워 그 싹이 자라는 것을 지켜볼 것입니다.

나무를 심는 땅은 당신의 잠재의식입니다. 씨앗은 새로 배운 긍정적인 말입니다. 당신의 내일은 당신이 오늘 새로 배운 긍정적인 말에 들어 있습니다. 당신이 계속해서 새로 배운 긍정의 말과 습관들을 당신의 잠재의식에 넣는다면 삶은 정말 놀랍게 달라질 겁니다.

당신의 삶에는 당신이 뿌려둔 많은 씨앗들이 있습니다. 처음 새싹이 날 때 "드디어 싹이 나오기 시작하는구나! 너무 기쁘고 행복하다."라고 말해주세요. 줄기가 두꺼워지고 튼튼해질 때 "이게 뭐야? 아직도 열매가 없잖아."라는 말 대신 "왠지 모르지만 좋은 일이 생길 것 같아."라고 말해보세요. 동물이나 해충, 잡초들이 싹이 자라는 것을 방해할 땐 그렇게 하지 못하도록 도와주세요.

당신이 가장 아끼는 사람을 돌보듯, 당신이 새로 배운 좋은 생각들도 잘 돌봐주세요. 이 모든 행동이 성공 패러다임이 되어, 당신의 삶을 만들게 됩니다. 상상은 그렇게 현실이 되곤 합니다.

왠지 모르지만 잘될 거라고 말하기

집 나간 대운이 춤추며 돌아오는 마법의 말투가 있습니다. "왠지 모르지만~"이라는 문장인데요. 반복하다 보면 마음 속에 꼭 박혀 있었던 무거운 돌이 사르르 녹아버리는 효과 가 있습니다. 이 말투를 반복하다 보면 나도 모르게 웃음이 지어집니다.

마음이 불편할 때 마법의 문장들을 소리내어 말해보세요. 세상을 보는 관점이 바뀌려면 마음이 먼저 바뀌어야 합니다.

세상은 거울과 같습니다. 거울은 절대 먼저 웃지 않지요. 거울 속 나를 웃게 하려면 먼저 거울을 보고 있는 내가 웃어야 합니다. 오늘 "왠지 모르지만~"이라는 말을 반복하며 거울을 보고 한번 웃어보세요. 스스로를 인정하는 마음이 들며 편안해질 겁니다.

"왠지 모르지만~"으로 시작하는 문장들입니다.
마음에 드는 문장을 골라 반복해 말해보세요.

왠지 모르지만 돈이 쌓여간다.

왠지 모르지만 하는 일마다 잘된다.

왠지 모르지만 사람들이 나를 좋아한다.

왠지 모르지만 여유시간이 많다.

왠지 모르지만 내가 원하는 환경에서 살고 있다.

왠지 모르지만 기분이 좋다.

왠지 모르지만 좋은 일이 생긴다.

왠지 모르지만 나에 대한 믿음이 생긴다.

Better things are coming

왠지 모르지만 편안하게 살고 있다.

왠지 모르지만 기회가 쏟아진다.

왠지 모르지만 온 세상이 나를 좋아한다.

왠지 모르지만 원하는 것을 얻었다.

왠지 모르지만 하고 싶은 걸 하면서 산다.

왠지 모르지만 마음이 편안해진다.

왠지 모르지만 모든 문제가 싹 해결되었다.

왠지 모르지만 운이 점점 좋아진다.

잠자기 전
은은한 조명으로
바꾸기

어렸을 땐 잠을 잘 자는 편이었습니다. 그러나 사회생활을 시작하면서 불면증이 생겼습니다. 잠들기까지 오랜 시간이 걸렸고, 잠이 들어도 곧 깨곤 했으며, 자다가 화장실에 가는 일도 많았습니다. 악몽을 꿔서 원래 깨려는 시간보다 일찍 깰 때도 있었습니다. 하루 종일 멍하고, 잔 것 같지 않다는 생각을 했었죠. 그때는 이상하게 머리가 복잡하고, 미래에 대한 걱정이 너무 많았습니다.

일조량이 짧아지고 추워지는 겨울엔 더 잠을 잘 수가 없었습니다. 잠이 안 오니 잠을 못 자고, 늦게 자니 늦게 일어나고, 컨디션이 안 좋고, 피곤한 몸으로 일을 하니 실수가 많아졌습니다. 그러다 보니 부정적인 생각을 많이 하게 되는 악순환이었습니다.

이렇게 수년을 고생하면서 저는 자기 위한 방법들을 찾

아봤습니다. 밤에 잘 자려면 빛, 온도, 습도, 소음 등 다양한 상황이 최적화가 되어야 한다고 합니다. 특히 여러 연구 결과를 보면 빛의 온도가 수면에 큰 영향을 끼친다고 합니다. 몸의 생체시계가 빛으로 활동시간과 수면시간을 인식하기 때문에 한밤에 불을 환하게 켜두면 낮으로 인식한다는 것입니다.

저는 밤에 책을 보는 습관이 있었는데 이때 환한 불을 켜두는 습관이 불면증으로 이어진다는 것을 알았습니다. 저녁까지 조명이 밝으면 뇌가 자극을 받아 코르티솔 호르몬이 분비되어 잠을 방해하기 때문입니다.

그래서 가장 쉽게 할 수 있는 방법으로 작은 수면등을 샀습니다. 그리고 잠들기 약 3시간 전부터 부드러운 색의 수면등을 켜두었습니다. 그러자 침실은 어둡고 아늑한 느낌을 주는 공간이 되었습니다. 어느 날엔 코가 너무 건조하다는 생각에 가습기를 가져다 두었습니다. 그리고 수면양말과 부드러운 잠옷을 이용해 따뜻한 온도를 유지했습니다. 가끔은 족욕을 하기도 했는데 그러면 정말 잠이 잘 왔습니다.

밤에 소음이 들려 잠을 못 잘 땐 귀마개를 사용하거나 파도 소리 같은 백색소음을 반복해 틀어두는 방식을 사용했습니다. 또한 아무리 늦게 잠들었어도 매일 맞춰둔 알람 시간에 맞게 일어나는 연습을 했습니다. 이런 작은 습관들이 반복되면서 아침에 일찍 일어나게 되었고, 좀 더 좋은 컨디션으로 하루를 시작하게 되었습니다. 하루 일과를 마치고 집에 오면 저는 조명을 은은하게 바꾸고 이렇게 말합니다.

"괜찮아, 지금은 안전해. 모든 일이 잘되어 가고 있어. 아무 걱정하지말고 푹 쉬어. 애썼어, 잘 자."

진정한 마음으로
받는 연습하기

저는 받는 것에 익숙지 않던 사람이었습니다. 심지어 생일날 선물을 요구해 본 적도 없었습니다. 왠지 쑥스럽고 어색해서 그랬다고 생각했습니다. 마음속을 잘 들여다보니 놀라운 사실을 발견했습니다. 나도 모르는 사이 '나는 그런 것을 받을 자격이 없다.'라고 생각하고 있었던 것입니다.

'나 같은 게 어딜 감히, 이런 걸 받아?' 하는 생각이 많았습니다. 저는 언제부터 저 자신을 깎아내렸던 걸까요? 어린 시절 누군가에게 들은 말들이 스스로를 가치 없는 존재로 느끼게 했던 것일까요? 어렵고 힘든 사람들은 챙기고, 대접해 주면서 스스로는 홀대했습니다.

그러나 아이들을 키우면서 변해야 한다고 느꼈습니다. 저만 잘 받지 못했을 뿐 아니라 아이들이 받는 것조차 죄스럽게 느껴지기 때문이었습니다. 명절에 아이들이 어른들에게 돈을 받으면 마음이 불편했습니다. 이것은 스스로를 가치 없게 여기는 건강하지 못한 믿음에서 비롯된 것이었습니다.

저는 이 마음을 버려야 아이들이 바로 설 수 있다고 생각했습니다. 더 이상 나 스스로 가치가 없다고 생각하는 것을 놓았습니다. 그러자 정말 순식간에 많은 것이 달라졌습니다. 예전보다 훨씬 더 자연스럽게 잘 받게 되었습니다.

저는 종종 남편과 양재 꽃시장에 갔는데요, 마음에 드는 꽃보다는 저렴한 꽃을 사곤 했습니다. 그런데 싼 것을 여러 개 사는 것이 마음에 드는 것 하나를 사는 것보다 더 비쌌습니다. 그래서 원하는 것을 이야기하기로 결심했습니다. 기념일에 남편에게 용기를 내서 말했습니다.

"난 장미가 좋아. 내가 원한 건 연보라색 장미 100송이야. 가지고 싶어."

남편은 그 말을 듣고 진심으로 행복해했습니다. 예전에 저는 원하는 게 뭐냐고 물어보면 아무 말도 하지 않고 있었습니다. 그래서 고민하던 남편이 무언가를 사 오면 마음에 들지 않는 걸 사 왔다고 짜증을 냈다고 합니다. 그런데 원하는 것을 숨김없이 이야기하니 편했습니다.

그날 저는 기쁜 마음으로 연보라색 장미 100송이를 받았습니다. '내가 이런 걸 받을 자격이 있나?'라는 생각과

'와, 너무 예뻐. 행복해.'라는 생각 사이에서 하루 종일 고민을 했습니다. 그리고 꽃을 충분히 즐기고 싶다고 생각했습니다. 조금씩 마음으로 받는 연습을 시작하게 된 것입니다. 생각해 보니 아이들은 태어나면서부터 지금까지 수시로 제게 선물을 주었습니다.

"엄마, 예뻐요."

"엄마, 사랑해요."

"이거 엄마 꺼예요. 엄마, 받아요. 괜찮아요."

"인정받으려 애쓰지 않아도 돼요."

"지금 모습 그대로 완벽해요."

"존재 자체로 귀해요."

"사랑해요."

"원하는 거 말해봐요. 내가 해줄게요."

애쓰지 않아도, 예쁘지 않아도, 씻거나 꾸미지 않아도 남편과 아이들은 저를 사랑해 주었습니다. 저는 이 한없는 사랑 속에서 치유되고 있었습니다. 이젠 잘 받고 싶습니다. 주는 것만큼 받는 것에도 익숙해지고 싶습니다. 난생처음 받는 연보랏빛 장미도, 아이들이 오다 주웠다는 갈대나 나뭇잎도, 종이에 적은 삐뚤빼뚤 글씨들도 다 너무 예쁘고 사랑스럽습니다.

아이들이 태어나고 난 뒤 저는 존재 자체로 사랑받아도

된다는 걸 알았습니다. 이걸 알고 난 뒤 세상은 찬란했습니다. 이제 저는 진심으로 살아있기를 잘했다는 말을 하며 살고 있습니다.

물건 구분하기

모교 대학원 교수님의 초청으로 강연을 하게 되었을 때, 강연장을 가득 채운 20대 대학생과 대학원생들의 초롱초롱한 눈망울들을 보며 감회가 새로웠습니다. 야간대학생으로 입학해 늘 일과 학업을 병행하며 힘들어했던 과거의 제가 어느 구석엔가 앉아 저를 보고 있는 것 같다는 생각이 들기도 했습니다.

시간은 정말 빠르게 흘러가는 것 같습니다. 수년 전 고시원의 냉동밥과 고추장으로 끼니를 때우며 학교를 겨우 졸업한 저는 사라지고 이제 자신의 커리어를 만들어가는 선배로서 겪은 이야기를 풀어내고 있었습니다. 그때 제게 이런 질문을 한 학생이 있었습니다.

"풀타임으로 회사를 다니면서 예술활동을 병행하시려면 스트레스가 많으셨을 것 같은데요. 어떻게 해결하셨나요?"

저는 잠시 고민하다 이렇게 답했습니다.

"혹시 5년이나 10년 뒤 어떤 사람이 되고 싶으세요? 제가 겪어보니 학교에 다닐 때보다 세상에 나오고 나니 시간이 빛의 속도로 가더라구요. 가는 시간을 돌릴 수가 없기에 저는 여러 가지 방법들을 사용했어요. 그중 하나가 '시간 안에 일을 빠르게 끝내는 사람'이 되는 것이었어요."

너무도 가난했지만 꿈을 이루고 싶었던 저는 5년이나 10년 뒤 내 모습을 떠올리며 하루를 버텨냈습니다. 시간은 한정되어 있고, 하고 싶은 일은 많았기에 최대한 단순한 삶을 살아야만 했습니다.

집에서는 정리를 할 때 큰 박스를 여러 개 가져와 일을 빠르게 하도록 돕는 물품과 예술활동에 관련이 있는 물품들을 나누었습니다. 그리고 자주 쓰는 물건과 자주 쓰지 않는 물건들을 정리해 서랍마다 넣어두었습니다. 자주 쓰는 물건은 손이 잘 가는 곳에 두고, 자주 쓰지 않는 물건들은 위나 아래쪽에 두었습니다. 그러면 자투리 시간을 절약할 수 있었습니다.

밥 사 먹을 돈, 차 마실 돈, 버스 탈 돈, 휴대폰 요금 낼 돈도 아끼는 짠순이였지만 일을 더 잘 할 수 있도록 돕는 물품과 물감, 세미나, 책에는 아낌없이 돈을 투자했습니다.

그렇게 이동하면서 오디오 수업을 들을 수 있게 도와주는 휴대폰, 더 많은 글을 잘 쓰도록 돕는 키보드와 마우스, 눈이 피로하지 않은 조명, 자주 닳아 없어지는 붓 등은 적당한 가격으로 구매했습니다.

특히 앞날을 계획할 수 있는 다양한 펜과 공부한 내용을 복습할 때 사용할 노트는 욕심껏 샀습니다. 제 책상은 늘 물건들로 가득했지만, 나름의 규칙들로 정리해두어 일하기엔 최적화된 상태였습니다.

만약 당신이 일을 빠르게 잘하는 사람이 되고 싶은 마음이 있다면, 당신의 삶을 단순화시켜보세요. 물건들을 분류하고, 해야 할 일에 집중하세요. 남들과 똑같은 24시간을 잘 활용할 수 있도록 돕는 소품들을 구매해 보세요. 오늘 당신이 꼭 끝내야 하는 우선순위의 일들을 제일 먼저 해치우세요.

지금 내가 몇 살인지는 중요하지 않습니다. 중요한 건 내게 오늘 주어진 하루를 어떻게 살아가는가 입니다. 이런 방식으로 하루를 꽉 채워 살다 보면 시간적으로, 경제적으로 마음껏 즐기는 자신을 만나게 될 것입니다.

기대 없이 주는 것
연습하기

행복은 더 많이 가질수록 얻게 되는 걸까요? 하버드 의대 교수 산지브 초프라는 TED 강연에서 이렇게 말했습니다.

"로또에 당첨됐다고 더 행복해지는 것은 아닙니다. 연구 결과 로또 당첨자들은 1년 후에 이전 상태로 돌아갔고 일부는 이전보다 덜 행복해졌습니다. 로또 당첨자들은 대저택을 사고 환상적인 자동차를 구매했습니다. 그런데 3개월 뒤엔 그저 그냥 집이고 차였습니다. 좋은 소유물에 익숙해졌기 때문입니다."

초프라는 이런 현상을 '쾌락적응'이라고 불렀습니다. 아무리 좋은 것이라도 적응이 되면 별다른 행복감을 주지 못한다는 개념입니다. 그렇다면 우리를 더 행복하게 하는 것은 무엇일까요? 시카고대학과 노스웨스턴대학의 연구 결과 그것은 바로 '주는 것'이라고 합니다. 심지어 장기적 관점에서는 '주는 것'이 '받는 것'보다 사람들을 더 오래 행복하게 만들었습니다.

실험에서는 96명의 참가자에게 5일간 매일 5달러씩 주면서 마음대로 쓰라고 했습니다. 실험을 시작할 때는 모든 사람들의 행복감이 비슷한 수준이었습니다. 그런데 5일간 돈을 '자신'에게 쓴 사람들은 시간이 지날수록 행복감이 떨어졌습니다. 그런데 돈을 '다른 사람'을 위해 쓴 사람은 행복감이 지속되었다고 합니다.

삶을 살며 느꼈던 것 중 하나가 받을 때보다 줄 때 행복하다는 것입니다. 누구나 적어도 한 가지 이상 나눌 수 있습니다. 자신이 가진 고유한 능력을 알고 싶다면 보다 더 많이 나눠줘야 합니다. 능력은 나눌 때 비로소 나타나게 되니까요.

저 또한 외부에서 보면 경력이 단절된 평범한 주부였습니다. 그러나 아이들을 키우며 경제적으로나 정신적으로 힘든 상황에 꾸준히 책을 읽고, 삶을 변화시키며 그 경험을 SNS로 나누기 시작했습니다. 그러자 기적처럼 좋은 일들이 생겼습니다. 실시간 유튜브 누적 조회수가 77만회로 폭발하고, 사람들이 전국도 모자라 전 세계에서 수십 명에서 많게는 수백 명까지 저를 만나러 왔습니다.

아무런 기대 없이 기쁘게 나누었는데 오히려 더 많은 것을 받게 된 겁니다. 너무 꿈같았고 행복했습니다. 그러나 빠른 속도로 행복이 사라질 때가 있었습니다. 뭐가 달라졌을까 생각해 보니 받는 걸 당연하게 생각할 때부터였습니다. (다른 유튜버나 사업가와 비교하며 더 벌고, 더 구독자 수가 많아지길 집착하자 빠른 속도로 곤두박질치기 시작했습니다.)

이런 경험을 통해 성장한 저는 이제 사람들에게 기대 없이 나누라고 합니다. 주고서 하나도 돌려받지 못해도 평안한 마음이라면 충분히 행복합니다. 또 줄 수 있는 선 안에서 주면 무리가 되지 않아 분노나 억울함 같은 감정이 남지 않습니다. 이렇게 기대 없이 나누다 보면 점점 더 나눌 것이 많아지는 것을 경험하게 됩니다.

아무것도 나눌 것이 없다면 지나가는 사람들을 향해 '잘하고 있어요.'라고 마음속으로 말해주는 것만으로도 충분합니다.

'잘하고 있어요. 모든 걱정에 사랑을 보냅니다. 결국 사랑이 당신의 삶을 가득 채웁니다.'

저는 횡단보도를 건너며 눈에 들어오는 사람들에게 마음속으로 이런 말을 합니다. 운전 중에 우연히 보게 되는 사람들에게도 그렇게 합니다. 그러니 누구보다 먼저 제가 행복해졌습니다.

마음에는 평화, 얼굴에는 미소를 품고 아무도 모르게

사랑을 나눠보세요. 꾸준히 하다 보면, 죄책감이나 두려움 없이 자유롭고 기쁘게 사랑을 주고받으며 살게 됩니다.

하루에 하나씩 마음챙김   TO DO LIST

☐ 심호흡하기

☐ 26분간 낮잠 자기

☐ 적당히 매운 음식 먹기

☐ 블랙홀 시각화하기

☐ 성공 패러다임 무의식에 넣기

☐ 왠지 모르지만 잘될 거라고 말하기

☐ 잠자기 전 은은한 조명으로 바꾸기

☐ 진정한 마음으로 받는 연습하기

☐ 물건 구분하기

☐ 기대 없이 주는 것 연습하기

Part 6

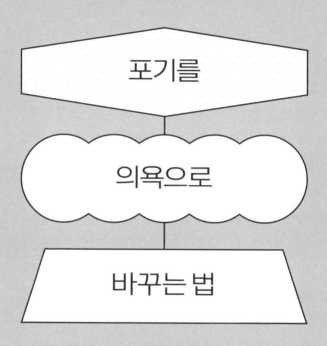

포기를

의욕으로

바꾸는 법

아침에 일어나
물 마시기

아침은 갑자기 사망하는 돌연사 위험이 높은 시간입니다. 돌연사는 자신의 병을 알지 못한 채 갑자기 죽는 경우인데요, 왜 하필 아침이 위험한 시간대일까요? 그 이유는 바로 '수분' 때문입니다.

우리 몸의 70퍼센트는 물이 차지합니다. 그런데 자는 동안 사람은 물을 마시지 못합니다. 7~8시간가량 수분 공급이 뚝 끊기게 되는 것입니다. 그런데 자면서도 수분은 끊임없이 밖으로 빠져나갑니다. 놀라지 마세요. 땀, 호흡 등으로 체내 수분이 많게는 1리터까지 배출된다고 합니다. 이 경우 7~8시간 동안 혈액이 점차 끈끈해지며 혈전 형성이 쉬워지게 됩니다. 심한 경우 심장이나 뇌로 가는 혈관이 막히며 돌연사 가능성이 높은 심근경색이나 뇌졸중으로 커질 수도 있습니다.

이때 아침에 미지근한 물 한 잔을 마시면 자는 동안 떨어진 몸의 신진대사 기능을 높여주게 됩니다. 또한 몸에 쌓여있는 노폐물을 청소하는 데 도움을 줍니다. 청소할 때를 생각해 보세요. 시원하게 물을 뿌리며 청소하는 것과 물티슈로 대충 닦는 것 중 어떤 것이 더 깨끗해질까요? 당연히 충분한 양의 물을 사용하는 편이 훨씬 더 깨끗하게 청소가 되겠죠.

우리 몸에서의 물도 마찬가지 역할을 합니다. 물은 혈액과 림프액의 양을 늘려 불필요한 것들을 몸 밖으로 배출시켜 줍니다. 밤새 쌓인 지방 성분이나 독소가 이때 빠져나갑니다. 체내 독소와 노폐물 배출 효과는 물론, 노화 방지 및 피부톤이나 탄력에도 도움을 줍니다.

물 한 잔의 힘은 대단합니다. 우리의 몸을 이토록 좋게 만드는 효능이 있으니까 말입니다. 내일 아침에 눈을 뜰 때 물 한 잔 마셔보는 건 어떨까요? 분명 당신을 더 젊고 건강하게 만드는 데 도움을 줄 것입니다.

몸에게 하루의
시작을 알리기

결혼 초, 아이가 없을 때 가족이 아파 6인실 병동에서 먹고 자며 간병을 한 적이 있었습니다. 우연인지 아닌지 모르지만 누워있는 환자들은 기지개를 켜지 않았습니다. 그들의 움직임은 왠지 모르게 자연스럽지 않았습니다. 뭔가 많이 뻣뻣하고 경직되어 있다는 생각을 했습니다.

그러다 네 아이를 낳아 키우게 되었습니다. 임신만 40개월, 모유 수유를 7년간 해왔기 때문에 아이들이 어떤 식으로 커가는지 생생하게 기억하고 있습니다. 네 아가들은 태어나서 3~6개월까지는 팔을 꼭 감싸주는 속싸개를 해줍니다. 아기는 배 속에서 웅크리고 있어서 갑자기 팔다리를 마음대로 펴게 되면 본인 몸짓에 크게 놀라기 때문입니다.

3~6개월이 지나고 나서는 속싸개를 풀게 됩니다. 그 뒤로 아가들은 놀랍게도 모두 온몸을 활용해 기지개를 켭니

다. 누가 알려준 것도 아닌데 두 팔을 위로 쭉쭉 뻗는 아이들을 보면 감탄이 절로 나옵니다. 아이들의 자연스러운 움직임에서 영혼의 반짝임이 느껴집니다. 그렇게 아이들은 커가며 뒤집기, 기기, 앉기, 일어서기 등을 배워갑니다. 날이 갈수록 엉성했던 동작이 점차 자연스럽고 부드러워집니다.

저는 이런 경험을 통해 어쩌면 건강할수록 기지개를 잘 켜는 것은 아닌가 하는 생각이 들었습니다. 저도 컨디션이 좋지 않은 날엔 그냥 웅크리는 적이 많았으니까요. 저희 집 강아지 보미와 고양이 옹이도 아침에 일어나면 제일 먼저 기지개를 켭니다. 앞다리를 땅에 대고 쭉쭉 늘리며 허리를 폅니다. 너무 신기해서 왜일까 찾아봤는데요. 잠에서 깨고 나면 몸이 둔해지기 때문이라고 합니다. 그래서 일어나자마자 스트레칭을 해서 몸을 예열해 주는 거지요.

인간도 마찬가지입니다. 기지개는 근육과 관절을 이완시켜 근육통과 근육 경련을 예방해 줍니다. 잠자는 7~8시간 동안 경직된 우리 몸에게 "새로운 하루입니다. 일어나세요."라고 종을 쳐주는 것과 같습니다. 기지개를 하면 머리 끝부터 발끝까지 구석구석 혈액이 전달됩니다. 눈 뜨자마자 침대 위에서 하는 기지개는 스트레칭 효과도 있으면서 몸을 개운하게 해줍니다. 경직되고 틀어져 있는 근육들이 제자리로 가는 데도 도움을 줍니다. 저는 눈을 뜨면 자리에 누운 채로 팔다리를 쭉 펴는 스트레칭을 합니다. 그리고 왼쪽, 오른쪽으로 허리를 천천히 트는 자세를 취합니다.

삶은 아주 단순합니다. 우리의 습관과 감정이 쌓여 인생이 만들어집니다. 우리가 매일 하는 모든 일상이 켜켜이 쌓여 삶이 되는 것이지요. 지금 당신이 치유하고 싶은 몸의 부분 중 한 곳을 골라보세요. 목이든, 팔이든, 어깨든, 허리든 상관없습니다. 그리고 가볍게 쭉 펴며 스트레칭을 해보세요. 기지개를 켜며 그동안 수고해온 당신의 몸에 사랑을 전해보세요. 당신이 보낸 사랑은 풍성하게 열매 맺게 됩니다.

오늘이 내 인생의
마지막 날이라면

아무리 좋은 음식도 매일 먹으면 질리기 마련입니다. 배달 앱 속 여러 음식들처럼 당신의 삶 안에는 당신에게 더 도움이 될 다양한 선택지가 있습니다. 저는 당신이 풀지 못할 문제는 없다고 생각합니다. 상상해 보세요. 만약 당신이 자유롭게 원하는 모든 것이 될 수 있다면 어떤 식으로 살아갈까요? 만약 더 이상 눈치 보지 않아도 된다면, 당당하게 어깨를 펴고 살아도 된다면 어떻게 살고 싶으세요?

"오늘이 내 인생의 마지막 날이라면, 과연 오늘 내가 하려고 하는 것을 할 것인가?"

이 말은 스티브 잡스가 매일 떠올렸던 말입니다. 아침에 세수를 하고 거울을 보며 이 질문을 하게 되면 나도 모르게 고요해집니다. 그리고 오늘 정말 멋지게 살고 싶다는 생각이 듭니다.

만약 당신이 곧 세상을 떠난다고 상상해 보세요. 당신이라면 오늘 하기로 결정한 그 일을 하게 될까요? 또 어떤 태도로 하루를 보내게 될까요? 오늘이 마지막 날이라면 어떤 생각으로 밥을 먹고 사람들과 대화를 나눌까요?

우주에 우연은 없다고 합니다. 당신이 이 글을 보게 된 것에는 반드시 이유가 있습니다. 당신의 마음에 귀 기울여 보세요. 당신 안에서 작은 빛을 찾아보세요. 그 빛은 자연스럽게 퍼져 나갈 것입니다. 더 당당하게 자신의 빛을 드러내세요. 당신은 잘하고 있습니다.

행운을 부르는
말버릇 반복하기

저는 오랫동안 환경을 바꾸려고 발버둥 쳤습니다. 그러나 부모님의 마음, 직장 상사의 마음, 친구의 마음, 사는 나라, 국적, 인종, 성별, 정치 상황 등은 바꾸려고 노력하면 할수록 엉망이 되는 것 같았습니다. 그래서 불행했습니다. 아무리 해봐도 소용없다며 남 탓, 환경 탓, 세상 탓을 하면 시간도 빨리 갔습니다. 그러나 이렇게 생각하면 시간이 지날수록 스스로가 초라하게 느껴졌습니다.

제가 스스로를 미워하는 상태일 땐 모든 것이 힘들었습니다. 돈을 버는 과정도 힘들었으며, 그토록 원하던 돈을 가지고 난 뒤에도 만족하지 못했습니다. 돈을 가지면 행복할 것이라 생각했지만, 막상 원하는 돈을 가져봐도 크게 변하는 건 없었습니다. 여전히 불행했습니다.

영화 〈닥터 스트레인지〉의 실존 인물로 추정되는 조 디스펜자 박사는 20대 때 차 사고로 척추가 6군데 부러지고, 수술을 안 받으면 평생 전신마비인 채로 살아갈 수 있다는 진단을 받았습니다. 그러나 뇌와 몸의 자연치유력을 통해 수술 없이 단 12주 만에 걷게 되었습니다.

그는 평생 뇌과학을 연구하며 생각을 바꾸는 것만으로도 뇌를 바꿀 수 있고, 생각이 현실이 될 수 있음을 입증했습니다. 그는 심각한 질병을 치유하거나 신비 체험 같은 초자연적 체험을 한 수많은 사람들의 뇌파 변화와 심박 변이, 유전자 발현 변화를 보여주는 생물학적 지표 등을 측정하고 분석했습니다.

그 결과 그들은 공통적으로 감사, 기쁨, 자비, 공감, 연민 같은 감정 속에 머물고 있음을 발견합니다. 그들의 뇌파 역시 외부에 집중하는 베타파가 아니라 고요히 내면 세계에 집중하는 알파파, 나아가서는 깊은 명상 상태로 반은 잠들고 반은 깨어 있는 세타파 상태에 있다는 것을 발견했습니다.

40년간 수백만 명의 인생을 바꾼 밥 프록터는 당신의 문제는 돈이 아니라 생각이라고 말합니다. 그리고 잠재의식을 변화시켜줄 확언을 하루 1,000번쯤 외치라고 합니다. 저는 큰돈이 들어가는 일이 아니라면 일단 시작하고 봅니다. 잃을 게 하나도 없으니까요.

그 뒤로 많이 달라졌습니다. 환경을 바꾸려고 발버둥 치기 전 먼저 마음을 살피는 습관이 생겼기 때문입니다. 저는 요즘도 시도 때도 없이 '행운을 부르는 말버릇'인 긍정 확언을 반복합니다. 긍정 확언을 하면 마음이 편안해지며 좋은 감정에 머물게 됩니다.

제 책상 앞에 붙여둔 '행운을 부르는 말버릇'입니다.
여러 대가들의 긍정 확언을 제 식으로 적었습니다.
마음에 드는 확언을 골라 반복해 말해보세요.

난 참 운이 좋아.

하는 일마다 잘된다.

신의 사랑을 받고 있다.

나는 소중하다.

내 수입은 계속해서 증가한다.

내 삶아, 고마워.

나는 사랑받고 있다.

모든 것이 좋고 다 괜찮다.

나는 충분히 잘하고 있다.

추억을 떠올리는
사진이나 글 보기

첫째가 어릴 때 일입니다. 12월 31일, 새해 첫 일출을 보기 위해 강릉에 왔습니다. 밤부터 떨려서 잠이 잘 안 왔습니다. '무슨 일이 있어도 내일 일출을 꼭 봐야지.' 하는 생각뿐이었습니다. 12시가 넘어 잠들었는데, 오전 5시부터 깨서 잠을 자지 못했습니다. 잠들면 혹시나 못 일어날까 걱정되었습니다. 한 시간 정도 창밖을 바라보며 누워있다가 6시 무렵 남편을 깨웠습니다. 비몽사몽한 아기도 옷을 두툼하게 입히고 다 같이 집을 나섰습니다. 아직 밖은 어두웠습니다. 아기를 안고 차를 타고 가는 데 너무 떨렸습니다.

'1월 1일 새해 첫날, 온 가족이 함께 보는 일출이 얼마나 근사할까?' 속으로 많이 기대되었습니다. 일출시간에 맞춰 제법 많은 이들이 경포대 해변가에 나왔습니다. 그러나 아무리 기다려도 해는 보이지 않습니다. 해를 보기엔 구름이 너무 많은 날이었습니다. 한참을 하늘만 바라보던 사람들이 발길을 돌리기 시작했습니다. 일출을 볼 수 없다며 실망하고 투덜대며 돌아서는 사람들이 무리를 지었습니다.

그때였습니다. 꺅꺅 거리는 소리가 들립니다. 넓게 펼쳐진 바다가 신기하다며, 파도 소리가 멋지다며 좋아하는 제 아이가 보였습니다. 일출을 못 봤다고 얼굴을 일그러트리는 회색빛의 어른들 가운데에서 핑크색 옷을 입은 아이는 좋아서 방방 뜁니다. 저는 이런 아이가 너무 예뻐 한참을 보고 또 봅니다.

구름에 가려 얼굴을 보여주지 않았던 해가 어느새 우리 아기 얼굴 속에서 떠오릅니다. '신은 오늘도 내게 큰 선물을 주시는구나.' 하는 생각에 뭉클했습니다. 아이의 눈망울 속에 비친 바다는 그 모습 그대로 근사했습니다. 해가 떠도, 해가 뜨지 않아도 나름의 멋이 있었습니다. 그날 저는 행복했습니다. 신이 우리 부부에게 보내주신 아이를 통해 새로운 눈으로 세상을 바라보는 행복한 날이었으니까요.

저는 이날을 오래 기억하고 싶어 사진을 찍고 글을 적었습니다. 저는 아이를 키우며 세상이 있는 그대로 얼마나 완전한지를 배우게 되었습니다. 매일 시간을 내서 지금 이 순간의 완전함에 감사하는 법을 배우고 있습니다. 여러분의 삶 속에서도 이런 순간이 있을까요? 그렇다면 추억이 가득한 사진이나 영상을 정리해서 분기별로 한 번씩 모아 보시면 어떨까요?

당신을 미소 짓게 만드는 것에 집중한다면, 점점 더 웃을 일이 많아집니다. 누구도 당신처럼 당신의 삶을 살아갈 수 없습니다. 매 순간 일어나는 모든 사건을 환영해 보세요. 당신의 삶에 새로운 힘을 불어넣어 보세요. 당신의 삶을 사랑하고, 지구에서의 삶을 즐기세요. 당신은 세상이 가르쳐 주는 모든 좋은 것을 받아들일 준비가 되었습니다.

모든 것을 두루 끌어안는 연습하기

중국 도교엔 오랜 우화가 있습니다. 어느 날 농부가 잘 키우던 말 한 마리가 도망치게 되었습니다. 주변에서는 이를 보고 "뭐지? 당신은 정말 재수가 없군!"이라고 말했습니다. 이를 들은 농부는 이렇게 답했습니다. "이게 좋은 일일지, 나쁜 일일지 누가 알겠어?"

일주일 후 놀라운 일이 벌어졌습니다. 집 나간 말이 되돌아온 것입니다. 그러나 혼자가 아닌 둘이었습니다. 온몸에 윤기가 나고, 무척 건강해 보이는 암말 한 마리와 함께 돌아온 것입니다. 주변에서는 "정말 좋은 일이야!"라며 부러워했습니다. 그러나 농부는 이번에도 감정을 드러내지 않고 고요히 말했습니다. "이게 좋은 일일지, 나쁜 일일지 누가 알겠어?"

며칠 뒤 농부의 아들은 새 식구가 된 건강한 암말을 길

들여보려고 시도했습니다. 그런데 말 위에 올라타자마자 말은 뒷다리를 차며 날뛰었습니다. 결국 농부의 아들은 낙마했고, 다리가 부러지는 큰 부상을 입었습니다. 부러워하던 사람은 "이건 정말 재수가 없는 일이야!"라고 말했습니다. 그러나 이번에도 농부는 "좋은 일일지, 나쁜 일일지 누가 알겠어?"라고 나지막이 말할 뿐이었습니다.

그리고 얼마 되지 않아 오랑캐가 침입해 마을 청년들이 전부 병역에 강제 징집되었습니다. 하지만 다리가 부러진 농부의 아들은 면제되었습니다. 다리를 다쳐서 죽을 고비를 넘기게 된 것입니다. 사람들은 어떻게 이렇게 좋은 일이 있을 수가 있냐고 말했습니다. 하지만 농부는 이번에도 "좋은 일일지, 나쁜 일일지 누가 알겠어?"라고 말했습니다.

우화 속 농부는 일희일비하지 않았습니다. 짧은 시각으로 바라볼 때 불행해 보이는 사건도 장기적인 시야로 바라보면 다르게 해석될 수도 있습니다. 화가 복이 될 수도 있고, 복이 화가 될 수도 있습니다. 제이 셰티는 책 《수도자처럼 생각하기》를 통해 이 우화를 이렇게 해석합니다.

"그는 '만약에'라는 단어 속에 길을 잃지 않았다. 그는 '현재'에 초점을 맞췄다."

당신의 삶엔 무엇이 있나요? 당신은 TV나 인터넷이 주는 자극 속에서 너무나 많은 '만약에'를 떠올리며 사는 건 아닐까요? '만약 그때 내가 그걸 안 했다면 어땠을까?' 하면서 과거에 사로잡히거나, '만약 이런 일이 생기면 어떻게 하지?' 하며 미래에 대한 두려움에 사로잡히고 있진 않나요? 이럴 때 과거가 이미 지나갔기에 아무런 힘이 없음을 인정하면 어떨까요? 지금 당신이 선택하는 생각이 당신의 미래를 만들 뿐입니다.

제 생각엔 도교와 기독교, 불교 철학 모두 '모든 것을 다 받아들이는 마음'에 대한 관점을 가지고 있습니다. 모든 것을 받아들인다는 것은 편견이나 선입견을 내려놓는 것을 말합니다. 특정한 것을 선호하거나 거부하지 않고 모든 것을 끌어안는 태도로 삶을 사는 것입니다. 바다나 하늘을 보면 쉽게 알 수 있습니다. 바다와 하늘은 자신에게 오는 모든 것을 있는 그대로 다 품어줍니다.

우화의 농부도 마찬가지로 벌어지는 모든 일을 재단하지 않으며 살아갑니다. 모든 것을 두루 환영하며 사는 삶의 태도는 어떤 상황에서도 당신을 성장시켜줍니다. 또한 다양한 변수 앞에서 더욱 자연스럽고 유연하게 대처하도록 도와줍니다. 당신 자신에게 자유를 선물하세요. 당신은 최선을 다하고 있으니 반드시 열매를 보게 될 것입니다. 삶은 당신을 사랑하며, 당신을 돕고 있다는 걸 기억하세요.

질서 있게 일하기

뇌과학적 연구 결과, 일반적으로 아침 10시에서 오후 2시까지는 생산성이 가장 높은 시간대라고 합니다. 이 시간대가 체온이 상승하면서 뇌 기능이 가장 활발하게 작동하기 때문입니다. 그런데 이 시간을 당신은 어떻게 보내고 계신가요? 집중해 일할 시간은 모자라지만 짬을 내 스마트폰을 확인할 시간은 있으신가요?

휴대폰 설정 메뉴에서 일주일간 당신이 휴대폰을 사용한 시간을 확인해 보세요. 소셜미디어, 게임, 이메일, 인터넷에 얼마나 많은 시간을 썼는지 알 수 있을 것입니다. 데이터에이아이의 연구결과에 따르면 2022년 한국인의 스마트폰 사용 시간은 평균 5.2시간이라고 합니다.

많은 사람들이 습관적으로 휴대폰을 봅니다. 당신도 역시 그저 무심코 휴대폰을 본다고 생각할 겁니다. 그러나 이

것은 그냥 넘길 일은 아닙니다. 시간은 사람의 가치관을 반영합니다. 당신의 시간이 사용된 내역을 보면 당신이 어떤 사람이고, 앞으로 어떤 모습으로 살지 충분히 알 수 있습니다. 또한 어떤 식으로 시간을 사용하든, 대가는 반드시 치르게 됩니다. 질서를 가지고 시간을 사용하세요.

스티브 잡스는 "집중이란 수백 가지의 좋은 생각에 대해서도 'NO'라고 말하는 것이다."라고 말했습니다. 지금 별생각 없이 무심코 고른 모든 것들이 결국 당신의 삶을 만드는 재료가 된다면 어떨까요? 충분히 만족스럽나요?

만약 변화하고 싶다면, 오늘은 새로운 선택을 해보세요. 시간이 생길 때마다 "내 삶이 더 자유로워지려면 내가 지금 뭘 해야 할까? 나는 시간을 어떻게 사용해야 할까?" 물어보세요. 가장 중요한 것은 어떤 행동이 나를 더 힘나게 하는지, 나를 잘 보살핀다고 느끼게 하는지 아는 것입니다.

찾기 쉽게
옷장 정리하기

청소를 하면 운이 좋아진다고 합니다. 마쓰다 미쓰히로는 저서 《청소력》에서 "당신이 사는 방이, 당신 자신이다."라고 설명합니다. 당신 마음의 상태, 그리고 인생까지도 당신의 방이 나타내고 있는 것입니다. 그는 장소를 설정하고 오염을 제거하는 것이 현실 속 문제를 해결하는 데도 도움을 준다고 합니다.

그렇다면 어떻게 해야 쉽게 청소할 수 있을까요? 저는 주말에 옷장 정리하는 것을 좋아합니다. 옷장을 정리하다 보면 많은 추억이 떠오릅니다. 자주 입진 않아도 그 옷을 샀을 때와 입었을 때의 여러 가지 추억들이 담겨 쉽게 정리할 수 없게 됩니다. 저는 구멍이 나서 더 이상 입을 수 없는 티셔츠도 오래 간직했었습니다. 20대에 그 옷을 입고 혼자 여행 다녔던 기억이 나서 버리기 어려웠습니다.

어쩌면 그 옷이 꼭 필요했다기보다는 옷에 담긴 감정 때문에 쉽게 버리지 못한 것 같습니다. 생각이 많아지면 행동을 할 수 없게 되는데요. 정말 감사하게도 정리하기 딱 좋은 시기가 있습니다. 바로 계절이 바뀌는 시기입니다. 그때 옷장에 어떤 옷이 있는지 충분히 살피고 오랫동안 입지 않았던 옷들은 과감하게 정리합니다.

유행하기에 샀지만 어울리지 않았던 옷, 인터넷에서 세일해서 샀지만 입지 않게 되는 옷, 한 번 입고 불편해서 처박아둔 옷들을 보고 크게 심호흡을 합니다. 그리고 감사하는 마음으로 따로 큰 박스에 넣어둡니다. 그렇게 박스에 넣어두고 일주일이 지나도 꺼내 입지 않는다면 과감히 정리하세요.

모두 나눠주거나, 팔거나, 기부하거나, 버리는 방식으로 정리하는 겁니다. 이런 식으로 계절이 바뀔 때마다 몇 번을 버리고 나면 깨닫는 바가 있습니다. 사 놓고 택도 떼지 않았거나, 한두 번밖에 입지 않고 자리만 차지하는 옷을 보면 더 뼈저리게 느낍니다. 그래서 옷을 사는 것에 큰 욕심을 부리지 않게 되지요. 꼭 필요한 옷이라도 일단 온라인 장바구니에 넣어 놓고, 일주일 정도 지난 후에 봤는데 그래도 필요하다는 생각이 들 때 구매하곤 합니다.

저는 옷장정리를 돕는 많은 제품들도 사보았는데요. 잠

시 잊어버리면 오히려 뒤죽박죽되어 버려서 그냥 때마다 잘 안 입는 옷들을 과감하게 처리하는 것이 제일 좋은 방법이라고 생각됩니다. 그리고 옷은 웬만하면 옷걸이에 걸어두는 편입니다. 보여야 입지, 서랍장에 있으면 잊어버리고 입는 옷만 입기 때문입니다.

이럴 때 옷장을 분류해서 제일 많이 입는 옷들은 오른쪽에 두고, 외출복이나 정장류는 왼쪽, 잘 안 입는 옷은 옷장 위쪽에 넣어둡니다. 이러면 아침 출근시간이 줄어들고, 옷장을 볼 때마다 스트레스를 받는 경우도 사라집니다. 옷을 정리할 땐 생각을 많이 할 필요가 없습니다.

청소를 하다 보면 여러 가지 잡생각들까지 말끔히 정리되는 것 같습니다. 정리하고 나면 꼭 필요한 것만으로도 충분히 살 수 있다는 걸 알게 됩니다. 내가 가진 불필요한 물건들을 정리하는 습관은 현실의 문제를 더 빠르게 정리할 수 있는 힘도 길러줍니다. 이번 주말엔 옷장에서 안 입는 옷 딱 3벌만 골라보세요. 그리고 결정을 내렸다면 편안하게 정리하세요. 옷장을 정리하고 나면 더 이상 머리가 복잡할 일도, 고민할 것도 함께 사라집니다.

매력적인 나
만들기

스탠퍼드대학교 심리학자들은 성인 104명을 대상으로 실험을 했습니다. 연구진은 실험 참가자들을 두 집단 중 하나에 배정하면서 한 집단에게는 지루함을 느꼈던 때를 주제로 짧은 에세이를 쓰게 했습니다. 그리고 다른 집단에게는 인생이 불공평하다고 느꼈던 때나 타인에게 부당한 대우를 받거나 무시당했다고 느꼈을 때의 상황을 쓰게 했습니다.

두 부류로 나눠 다른 질문에 대한 답을 쓰게 한 것이지요. 그다음 참가자들에게 간단한 과제가 있다고 말하면서 혹시 연구진을 도와줄 의향이 있는지 물었습니다. 그런데 놀라운 일이 벌어졌습니다. 부당한 대우를 받았던 이야기를 글로 썼던 참가자들은 그렇지 않은 집단보다 연구진을 도울 가능성이 26퍼센트 낮았습니다.

이들은 글을 쓰며 자신을 '피해자'라고 생각하게 되었

고, 가해자를 향한 분노의 마음을 가지게 되었습니다. 이런 마음자세는 이기적인 태도로 이어졌습니다. 심지어 실험이 끝나고 쓰레기를 버리거나 실험용 펜을 가져가는 참가자도 있었습니다. 멀쩡했던 사람이 자신에게 피해자라는 꼬리표를 붙이자마자 평소와 다른 방식으로 행동한 것입니다.

당신은 스스로를 어떻게 바라보고 있나요? 꼬리표가 과연 자신과 동일한 것일까요? 아닙니다. 웨인다이어의 말에 힌트가 있습니다.

"물이라는 단어로 인해 몸이 젖을 수는 없다."

과거의 내가 물속에서 고생한 기억이 있다고 해도, 오늘의 내가 물이라는 단어로 인해 몸이 젖을 수는 없는 법입니다. 지혜는 당신을 더욱 좋게 만드는 것들을 선택하는 힘입니다. 당신을 힘 빠지게 하는 생각이 있다면, 당신에게 힘을 주는 생각들로 바꿔보세요.

진정으로 살아간다는 것은 자신을 정의하는 모든 꼬리표를 뗀 상태로 사는 것입니다. 만일 당신이 자유롭게 살길 원한다면 그렇게 살아도 괜찮습니다. 더 이상 눈치 보지 말고 하고 싶은 건 다 해보세요. 그래도 됩니다. 자신의 생계를 스스로 책임지는 범위 안에서, 범죄가 아니라면 하고 싶은 것을 모두 마음껏 해보세요. 넘어지고 실수하며 시행착오를 겪으세요. 이 모든 과정은 당신을 더욱 지혜롭게 만들어 줄 겁니다. 더 이상 과거의 꼬리표에 얽매이지 마세요. 그저 오늘 하고 싶은 일이 있다면 망설임 없이 시도해 보세요.

자신을 신뢰하는 사람은 어딘지 모르게 풍기는 매력이 있습니다. 이제부터 삶이 주는 재료들 중 가장 좋은 것을 골라보세요. 그리고 그 재료로 만들 수 있는 가장 나다운 인생을 창조하세요. 지나간 과거를 너무 붙잡지 말아요. 당신은 그저 최선을 다했을 뿐입니다. 어제 실수했다고 오늘 또 실수해야 할 이유는 없습니다. 스스로를 믿어주세요. 당신의 선택을 너무 두려워 말아요. 당신이 택한 것이 지금 이 순간의 최선이며 정답입니다. 저는 당신을 믿습니다.

세상에서 가장
지혜로운 질문

책을 쓰며 챗GPT라는 대화형 인공지능 챗봇을 사용해 봤습니다. 별생각 없이 세상에서 제일 지혜로운 질문이 무엇인지 물었습니다. 그런데 생각보다 멋진 답을 받았습니다. 그중 가장 좋았던 답 3가지와 제 인사이트를 더해 소개해 보고 싶습니다.

첫 번째 질문은 "나는 무엇을 원하는가?"입니다. 이 질문은 우리가 인생을 왜 사는지 깊이 생각할 수 있도록 도와줍니다. 또한 마음 깊은 곳의 이야기를 끌어내 인생의 방향성을 찾는 데 큰 도움을 줄 수 있습니다. 이 질문과 함께 "나는 누구이며, 내가 살아가는 이유는 무엇인가?"에 대해 생각하면 훨씬 더 깊은 답을 찾아낼 수 있게 됩니다.

두 번째 질문은 "어떻게 내가 다른 사람들에게 가치를 더할 수 있을까?"입니다. 이 질문은 자신이 가진 장점과 능력을 파악하고, 그것을 통해 다른 사람들에게 도움이 되는 일을 할 수 있는 방법을 찾을 수 있도록 해줍니다. 당신이 가진 장점과 단점은 무엇인가요? 그리고 이를 어떻게 개선하고 발전시킬 수 있나요?

세 번째 질문은 "어떻게 나는 최고의 내가 될 수 있을까?"입니다. 이 질문은 자신을 성장시키는 목표를 설정하며, 지속적인 배움과 실행을 통해 최고의 내가 될 수 있는 방법을 찾도록 도와줍니다. 당신이 5~10년 안에 이루고 싶은 목표는 무엇이며, 이 목표를 향해 어떻게 노력할 것인가요? 당신이 평생에 걸쳐 이루고 싶은 것이 있다면 무엇이며, 그것을 이루기 위해선 지금부터 어떤 준비와 행동을 해야 할까요?

만약 내가 원하는 삶이 어떤 것인지, 내 인생이 누군가에게 어떤 선물이 될 수 있는지, 어떻게 해서 목표하는 삶을 살 수 있는지 알게 된다면 당신의 삶은 점점 더 쉬워질 것입니다.

두려워하지 말아요. 당신은 최고의 삶을 누릴 자격이 있습니다. 신은 있는 그대로의 당신을 사랑하며, 당신이 행복하길 바라고 있습니다.

거울 속에 비친 자신의 모습을 보고 웃어주세요. 스스로를 향한 한 번의 미소는 새로운 삶의 시작이 됩니다. 당신

에겐 멋진 하루를 만들 힘이 있습니다. 당신으로 인해 세상
이 좀 더 아름다워졌습니다.

하루에 하나씩 마음챙김 　TO DO LIST

☐ 아침에 일어나 물 마시기

☐ 몸에게 하루의 시작을 알리기

☐ 오늘이 내 인생의 마지막 날이라면

☐ 행운을 부르는 말버릇 반복하기

☐ 추억을 떠올리는 사진이나 글 보기

☐ 모든 것을 두루 끌어안는 연습하기

☐ 질서 있게 일하기

☐ 찾기 쉽게 옷장 정리하기

☐ 매력적인 나 만들기

☐ 세상에서 가장 지혜로운 질문

Part 7

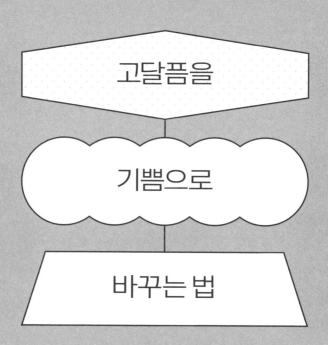

고달픔을

기쁨으로

바꾸는 법

돈 버는 감정습관 만들기

행복의 반대말은 불행이 아닌 비교라고 합니다. 지금 현재 내가 가진 것에 감사하지 못하는 사람은 아무리 많은 좋은 일이 있어도 이렇게 말합니다.

"왜 이렇게 항상 부족하지? 뭐 제대로 해낸 게 없잖아. 아무리 해봤자 소용없는 거 같아. 나는 가진 게 없다고. 저 사람과 비교하면 나는 한참 부족해."

이는 돈과 운을 막는 생각입니다. 이 마음의 자세를 계속 따른다면 원하는 승진을 하고, 좋은 인연을 만나고, 주식이나 부동산 투자가 잘 되어도 결국은 또 스스로가 부족하다고 느끼는 현실을 마주하게 됩니다.

'대충 알겠으니 그렇다고 치고 그러면 어떻게 해서 돈 버는 감정습관을 만드나요?'라고 생각하시나요? 일본 최고 부자 사이토 히토리는 이런 생각은 병원에서 수술 방법과

약 복용법을 설명했을 때 "그럼 수술했다 치고, 약도 먹었다 치고 빨리 낫게 해주세요."라고 말하는 것과 같다고 설명합니다.

삶이 창조되는 방식에는 원칙이 있습니다. 일단 내가 이미 가지고 있는 것을 파악해야 합니다. 그렇게 하면 실제론 크게 부족한 것이 없음을 알게 됩니다. 생각보다 더 많이 있음도 깨닫게 됩니다. 그때 이미 내가 가지고 있는 풍요로움을 알아차리게 됩니다.

네빌고다드는 당신이 보고 있는 거울을 버린다고 해서 당신의 모습을 바꿀 수 없다고 말합니다. 마찬가지로 당신을 둘러싼 환경이 변한다 해도 당신의 내면을 변화시킬 수는 없습니다. 당신의 마음이 어떤 상태에 머물러 있다면 세상 또한 그 상태를 비출 뿐입니다.

예를 들어 내가 딱 원하는 애인이 생길 때만 행복할 거라고 믿는다면 나는 평생 실망하며 불행할 가능성이 큽니다. 그러나 "나는 지금 사랑받고 있어."라고 '이미 가지고 있음'에 주목한다면 꼭 애인이 아니더라도 자신이 삶 안에서 많은 사랑을 받고 있는 증거들이 보이게 됩니다. 그러면 얼굴에 혈색이 돌고 말투와 행동에서 생기가 넘치게 됩니다. 이때가 내가 딱 원하는 인연이 다가와도 두려움 없이 사랑을 시작할 수 있는 때입니다. 설령 그와 헤어진다고 해도 다시 스스로를 사랑하고 온 우주에게 사랑받고 있음을 느낄 수 있는 여유가 생깁니다. 제가 좋아하는 이효리의 말입니다.

"어디에 사느냐. 어떻게 사느냐가 중요한 게 아니라 그냥 내가 있는 자리 그대로 만족하면서 그렇게 사는 게 제일 좋은 것 같아."

당신의 삶을 사랑하세요. 삶의 모든 좋은 것이 다 당신을 향하고 있습니다. 인생에 어떤 일이 펼쳐져도 더 좋은 것이 기다리고 있다는 사실을 떠올리세요. 당신이 걷는 모든 길의 이름은 성장입니다.

스트레스 인정하기

살다 보면 서럽고 억울한 때가 있습니다. 머리가 지끈거리고 목덜미가 뻣뻣해지면서 점점 화가 납니다. 이럴 때 배우 윤여정의 인생역전 스토리가 멘탈에 도움이 됩니다. 그녀는 잘나가는 배우에서 이혼 후 싱글맘으로 생활고에 시달리게 되었습니다. 그 후 두 아들을 살리기 위해 목숨 걸고 연기했습니다. 전남편이 언론에서 자신에 대한 험담을 할 때도 단 한 번도 언급하지 않고 묵묵히 일관했습니다.

"세상은 서러움 그 자체고 인생은 불공평이야. 서러움이 있지 왜 없어. 그런데 그 서러움을 내가 극복해야 하는 거 같아. 나는 내가 극복했어."

그녀의 말에 내공이 느껴집니다. 윤여정은 주조연 가리지 않고 여러 역할을 소화하며 자신만의 커리어를 만들어가고 있습니다. 그 결과 꾸준한 작품 활동으로 예능과 연기에서 모두 주목받으며 영화 〈미나리〉를 통해 무려 41개의 여우조연상을 받게 되었습니다. 또한 한국인 최초로 아카데미 시상식에서 수상했습니다. 온 나라가 윤여정의 스타일링과 세련된 영어 스피치로 축제 같았습니다. 최근 드라마 〈파친코〉로 외신의 극찬을 받았고 미국 할리우드 대형 기획사와도 계약하게 되었습니다.

"살아있는데 어떻게 스트레스를 안 받겠냐고, 스트레스를 받는다는 것은 살아있다는 것이고, 행복한 일이야. 아쉽지 않고 아프지 않은 인생이 어딨어. 내 인생만 아쉬운 것 같지만 다 아프고 다 아쉬워. 하나씩 내려놓고 포기할 줄 알아야 해. 난 웃고 살기로 했어. 인생 한번 살아볼 만해. 진짜 재밌어."

내가 컨트롤할 수 없을 정도로 힘든 상황이라고 판단할 때 삶은 지옥처럼 느껴집니다. 이럴 때 배우 윤여정처럼 관점을 변화시키면 삶이 달라집니다. 스트레스를 인정하고 나면 진짜 중요한 것에 집중하게 되고, 삶이 주는 선물들을 조금씩 즐길 수 있게 됩니다.

긍정 확언

제가 중학생 즈음 한국에 대기업형 대형 마트가 생겼습니다. 너무 신기해서 온 가족이 구경을 하러 갔다가 몇 달치 먹을 음식을 사서 돌아온 기억이 납니다. 요즘도 마찬가지입니다. 빵 하나를 사러 마트에 들어갔다가 세일하는 1+1 냉동식품도 사고, 요거트도 사고, 과일도 사고, 시식으로 맛본 간식도 사고, 샐러드도 사고, 우유와 고기까지 사게 됩니다.

이런 식으로 냉장고와 부엌이 가득 찬 사람이 많아지자 요즘은 '냉파'라는 말까지 생겼죠. 장을 보지 않고 냉장고에 있는 음식을 파먹는다는 뜻입니다. 이런 일을 방지하기 위해서 저는 꼭 필요한 것만 적어서 그것만 사 오거나 혹은 배달을 시키곤 합니다. 그러니 더 이상 충동구매로 인해 불필요한 물건이 쌓이는 일이 줄어들게 되었습니다.

당신의 시간도 마찬가지입니다. 우리는 대부분의 시간을 꼭 필요하지 않은 일에 사용하고 있습니다. 만약 내 시간을 꼭 필요한 일만 하는 데 사용한다면 어떨까요? 당신은 매일 시간 여유가 있는 사람으로 살 수 있습니다. 당신이 스스로의 시간을 소중히 여기며 살아간다면 삶의 중심이 잡힐 것입니다. 그때 다른 사람도 당신의 시간을 소중하게 여기게 됩니다.

천천히 호흡하며 "나는 이 세상이 가르쳐 주는 멋진 것들을 받아들일 준비가 되어 있어."라고 말해보세요. 당신은 삶을 변화시킬 충분한 시간을 가지고 있습니다. 이제 삶에서 원하는 것만 생각하고 말해보세요. 당신은 충분히 변할 수 있습니다. 지금은 새로운 순간입니다. 당신은 언제든 자유롭게 새로운 삶을 시작할 수 있습니다.

체인지 외치기

헨리 데이비드 소로는 "나 자신을 어떻게 생각하느냐에 따라 나의 운명이 결정된다."라고 말했습니다. 정신의 잠재력을 굳게 믿고 실천했던 조 디스펜자 박사는 책《브레이킹, 당신이라는 습관을 깨라》에서 압도적으로 성공한 사람이 될 수 있는 방법으로 '체인지 게임'을 제안합니다. 저는 이것을 제 방식대로 해봤는데요, 효과가 좋아 소개합니다. 방법은 단순합니다.

다시 과거의 나로 되돌아간 느낌이 들 때 '체인지'라고 크게 외치는 겁니다. 예를 들어 아침에 일어나 하루를 준비하려 하는데 갑자기 '출근하기 싫어. 귀찮아.'라는 생각이 든다면 그 순간 '체인지' 하고 외치는 겁니다.

당신의 낮 시간을 상상하세요. 일하다 갑자기 익숙한 부정적 느낌이 마음속에 올라옵니다. '짜증나. 나는 왜 이

거밖에 못하지? 부족해. 못해.'라는 생각이 올라올 수도 있습니다. 이 순간에도 '체인지' 하고 외칩니다. '과연 이게 될까?' 하고 생각하며 해도 괜찮습니다. 이 방식은 반드시 효과가 있기 때문입니다.

열심히 일하고 돌아와 자려고 할 때 '아, 오늘 또 망했네. 속상해.'라는 느낌이 올라옵니다. 그 순간 '체인지' 하고 말해보세요. 하루에도 수십 번씩 변하고 싶을 때마다 '체인지'라고 말해도 됩니다.

조 디스펜자 박사는 이렇게 부정적인 생각에 마음의 문을 굳게 닫으면 신경 세포들이 더 이상 함께 발화하지도 않고 연결되지도 않게 된다고 합니다. 또한 예전과 똑같은 방식으로 유전자에게 신호를 보내는 것을 멈추는 행동이라고 설명합니다.

익숙한 부정적 감정에 따라 사는 것은 당신을 사랑하는 것이 아닙니다. 모든 과거의 습관을 끊어내고 자유롭게 사는 것은 굉장한 일입니다. '체인지' 게임은 당신이 택해왔던 기존의 방식을 차단시키는 문 역할을 해줍니다.

당신을 위축되게 하는 생각이 들 때마다 '체인지'라고 외치며 끊어내세요. 그 순간 새로운 성공의 문이 열리게 됩니다.

당신은 이제껏 참 잘해왔습니다. 이제 마음의 문을 열

고 닫는 것에 익숙해진다면 더 빠르게 원하는 결과를 얻을 수 있을 것입니다. 당신은 정말 잘하고 있습니다.

별 바라보고
소원 빌기

저는 탁 트인 풍경을 좋아합니다. 아무런 막힘없이 넓게 펼쳐진 하늘과 바다를 바라보면 마음이 편안해지기 때문입니다. 바쁘게 학업과 아르바이트를 병행하며 살던 시기엔 1호선 전철을 타고 오가며 보이는 한강 풍경을 사랑했습니다. 넓게 펼쳐진 공간을 바라보면 왠지 마음이 편했습니다.

프랑스의 정신과 의사 쿠에는 "두뇌의 생각이 멈출 때 자기암시를 하라."라고 조언합니다. 생각이 멈출 때 텅 빈 공간이 생기기 때문입니다. 그런데 생각은 어떻게 멈출 수 있는 걸까요?

잡다한 생각은 넓고 무한한 공간을 바라볼 때 멈춘다고 합니다. 사람들은 자연스럽게 휴가를 갈 때 텅 빈 넓은 공간으로 가려고 합니다. 산, 들, 바다, 강 등 하늘과 여백이 있고 자연이 조화롭게 펼쳐진 곳으로 가려고 하지요. 도시로

호캉스를 간다고 해도 숙박만큼은 시야가 트인 곳으로 갑니다. 빈 공간에서 마음이 편안해지기 때문입니다.

별을 보고 소원을 비는 이유도 바로 이 때문입니다. 별은 사람과 엄청나게 먼 하늘에 존재합니다. 그러다 보니 별을 바라보면 나도 모르게 넓고 무한한 공간을 떠올리게 됩니다. 그 순간 마음속 잡스러운 생각이 사라지며 새로운 관점이 활짝 열리게 됩니다.

이때 순간적으로 복잡한 생각이 멈춥니다. "아무 생각이 나지 않아. 시간이 언제 이렇게 빨리 갔지?"라는 말을 저절로 하게 됩니다. 그래서 별을 보고 소원을 빌면 좋습니다. 두뇌의 생각이 멈추며 자신이 원하는 것을 떠올리는 암시를 할 수 있기 때문입니다.

공간을 의식할 때 내면세계의 알파파로 들어갑니다. 특히 자신의 믿음에 따라 신이나 우주, 별이 나를 돌보고 사랑하고 있다고 믿으면 좋습니다. 평생 뇌과학을 연구한 조 디스펜자 박사가 심각한 질병을 치유하거나 신비 체험 같은 초자연적인 소원을 이룬 사람들을 대상으로 뇌파를 연구한 결과 그들은 공통적으로 감사, 기쁨, 자비, 공감, 연민 같은 감정 상태였다고 합니다.

이렇게 평소 생각하지 않던 새로운 가능성으로 관점을 돌릴 때 우리는 멋지게 달라진 미래와 연결될 수 있습니

다. 오늘 밤 하늘의 별을 볼 수 있다면, 잊고 있었던 소원을
떠올려 보는 건 어떨까요?

Better things are coming

공간을 느껴보세요. 나와 별 사이의 텅 빈 공간을 상상하며 소원을
빌어보세요. 생각을 멈추고 바라보는 공간이 커질수록 소원을 이루기도
쉬워집니다. 잊고 있었던 당신의 소원들을 여기에 적어보세요.

마법의 질문하기

혹시 집에 돌아와 이런 생각을 해 본 적이 있을까요?

'내가 더 잘했으면 어땠을까?'

'다 나 때문이야.'

'괜히 내가 뭐 잘못한 거 아니야?'

예민한 사람일수록 남들을 실망시켰을 때 감정을 더 많이 느낍니다. 상대방의 반응에도 괜히 불안해하거나 걱정하는 경우가 많습니다. 이렇게 남들을 만족시키려는 마음은 상대방을 배려하는 선한 마음에서 옵니다. 그러나 당신을 신경 쓰지도 않는 사람들까지 채우며 살 필요는 없습니다. 밑 빠진 독은 채워지지도 않을뿐더러 아무리 노력해도 결국 분노만 남게 됩니다.

만약 당신이 인간관계로 오랜 시간 지치고 힘들었다면, 그것은 당신에게 아무 잘못이 없다는 사실을 모르기 때문입니다. 그 어떤 일도 당신 때문에 벌어진 것이 아닙니다. 당신을 아프게 한 사람들도 상황을 잘 모르기에 당신을 비난한 것뿐입니다.

　다른 사람의 감정과 생각에 초점을 맞춘다면 우리는 자주 길을 잃어버리게 됩니다. 내가 아닌 다른 사람의 목소리에 귀를 기울인다는 것은 비행기가 출발했는데 목적지가 어디인지 몰라 계속 하늘에 떠 있기만 하는 것과 같습니다. 갈 길을 모르고 정처 없이 떠나는 여행은 불안하고 두렵습니다. 자주 길을 잃고 좌절하게 됩니다. 그러니 이제 초점을 타인이 아닌 나에게 맞춰보세요. 당신이 누군가를 진정으로 돕고 싶다면 먼저 자신부터 돌봐야 합니다. 누군가와 친해지려 하기 전에 먼저 나 자신과 친구가 되어야 합니다.

　다른 사람들을 기운 나게 하기 위해 에너지를 쓰는 것이 아니라, 나를 기운 나게 하는 일이 무엇인지 물어보세요. 죄책감이나 의무감 때문에 어쩔 수 없이 돕는다면, 그것은 당신 자신을 속이는 것이기에 오래 할 수 없습니다.

　인정받고 싶어 남을 돕지 마세요. 초점은 늘 당신 자신에게 두세요. 진정으로 원하는지, 아니면 조금이라도 마음에 걸림이 있는지 확인해 보세요. 저는 당신의 삶에 두려워서 하는 일이 줄어들고 사랑해서 하는 일이 늘어나길 바랍니다.

처음부터 완벽하게 결정할 수는 없습니다. 누구나 시행착오를 겪으며
성장합니다. 당신은 온 우주가 돌보는 작은 아이입니다. 당신 자신을
소중히 여겨주세요. 당신을 사랑할수록 삶 속으로 기쁨을
초대하기 쉬워집니다. "어떻게 하면 나를 더 사랑할 수 있을까?"
물어보고 답을 적어보세요. 당신은 지금 멋지게 성장하는 중입니다.

걱정상자 만들기

부모님과 함께 살 때 저는 감정표현을 잘할 수 없었습니다. 속상하고 화나는 일이 있어도 밖에서 다 울고 집에서는 환한 표정을 해야만 했습니다. 걱정을 끼치고 싶지 않았기 때문입니다. 독립하고 나서는 방음이 전혀 안 되는 고시원, 쉐어룸, 원룸 등에 지내며 감정표현을 하는 것이 불가능한 상황이었습니다. 그래서 꾹꾹 참는 것이 습관이었는데요.

놀랍게도 이런 태도가 건강에 정말 나쁘다고 합니다. 하버드보건대학원과 로체스터대학교의 연구에 따르면 감정을 억누르는 사람들은 빨리 세상을 떠날 가능성이 그렇지 않은 사람들에 비해 30퍼센트나 더 높고 암에 걸릴 확률은 70퍼센트가 높다고 합니다.

그렇다면 우리가 일상생활에서 감정을 억누르지 않으려면 어떻게 해야 할까요? 저는 하도 참다 몸이 너무 안 좋아져 살기 위해 감정 푸는 방법을 만들었습니다. 20대에 본 책 내용을 응용한 것인데요. 바로 걱정상자를 이용하는 것입니다. 걱정되는 일이나 아무에게도 말 못 할 내용 등 관련된 감정들을 전부 종이에 적습니다. 그리고 걱정상자에 넣습니다.

이런 방식을 이용하다 보면 수많은 감정의 응어리들이 서서히 사라지게 됩니다. 저는 고민이 많을 때 수십 장의 종이를 쓰는 경우도 있었는데요. 다 적고 걱정상자에 넣고 열쇠로 잠가버립니다. 걱정상자에는 단 하나의 규칙이 있습니다. 오직 매주 수요일에만 열어 볼 수 있다는 것입니다. 한 번 넣고 나면 다음 주까지 절대 볼 수 없었는데요. 이런 방식으로 걱정될 때마다 감정을 적어 넣어버리고 나면 마음이 편했습니다. 이는 감정을 안전하게 아무런 비용 들이지 않고 배출할 수 있는 좋은 방법입니다.

또한 일주일 뒤에만 열어볼 수 있기 때문에 일단 감정을 추스르고 오늘 하루 해야 할 일을 할 수 있도록 도와줍니다. 제가 직접 이 방법을 해보고 놀랐던 것은 지난주에 죽을 것처럼 고민이 되는 사건도 일주일이 지나고 보면 그렇게까지 큰일이 아니었다는 것입니다. 그걸 확인할 때마다 참 별것 아닌 걸로 죽도록 고민했다는 생각을 합니다.

작은 돌멩이 하나를 눈앞에 가까이 대고 있으면 돌밖에

보이지 않습니다. 그러나 작은 돌을 바닥에 버려두고 한참 걷다 돌아보면 생각보다 작았음을 알게 됩니다. 걱정도 마찬가지입니다. 가까이서 걱정만 바라보면 실제보다 커 보이고 속만 타들어 갑니다. 그러나 걱정을 분리해 적절한 장소에 넣어두면 별일이 아니게 느껴지고 때론 알아서 해결되기도 합니다.

만약 여러분도 이 방법을 사용하고 싶다면 매주 하루 좋아하는 날을 정해 걱정상자를 열어 보시기 바랍니다. 저는 걱정상자에 종이를 넣을 땐 죽을 것 같다가도 막상 일주일이 지나고 나면 '어? 생각보다 큰일이 아니었네.'라는 생각과 함께 큰 힘을 얻었습니다. 이 과정 자체가 제 삶을 좀 더 심플하고 건강하게 만들어 주었습니다. 여러분에게도 적극 추천드립니다.

만족 확언

남편이 오늘은 혼자 쉬라고 하루 휴가를 주었습니다. 덕분에 결혼 12년 만에 처음으로 혼자만의 시간을 가질 수 있었습니다. 그런데 습관이 참 무섭다고 쪼르르 사무실로 달려왔습니다. 그리고 사무실에서 좋아하는 음악을 틀어 놓고 이것저것 하다 보니 어느새 저녁이 되었습니다. 분명 아침에 왔는데 시간이 왜 이렇게 빨리 가는 걸까요? 저는 제가 하는 일이 너무 좋은가 봅니다.

싫어하는 사람과 있는 10분은 24시간 같고 좋아하는 사람과 함께 하는 24시간은 10분처럼 흐른다고 합니다. 이처럼 시간은 상대적인데요. 그날 저는 저 혼자만의 시간을 만끽했습니다. 서해 바다가 보이는 제 사무실에서는 해 지는 모습이 보였는데요, 노을이 너무 예뻐 바라보다가 어느 할머니가 남기셨다는 마지막 말이 생각났습니다. 임종을 앞

두고 돌아가시면 안 된다는 손녀의 울음소리에 할머니는 이렇게 답하셨다고 합니다.

"애야, 난 만족한단다. 내 삶은 멋지고 완벽했어."

할머니는 사랑하는 손녀에게 얼마나 평화롭고 부드러운 표정으로 이야기하셨을까요? 네 아이 육아와 콘텐츠 사업으로 분주한 가운데 이 말을 기억하며 저는 미소 지었습니다. 그리고 해 지는 모습을 바라보며 이 말을 여러 번 반복해 보았습니다. 그러니까 왠지 더 뭉클한 마음이 듭니다. 이 말이 너무 좋아 휴대폰 바탕화면과 카톡 프로필, 컴퓨터 바탕화면까지 전부 적어 놓았습니다. 그리고 바로 집으로 돌아가 사랑하는 아이들을 한 번씩 끌어안고 뽀뽀를 퍼부었습니다.

"난 만족합니다. 내 삶은 멋지고 완벽했어요."

저도 세상을 떠날 때 사랑하는 이들에게 이런 말을 남기고 싶습니다.

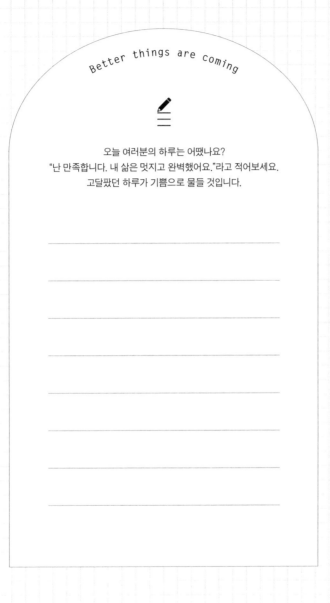

Better things are coming

오늘 여러분의 하루는 어땠나요?
"난 만족합니다. 내 삶은 멋지고 완벽했어요."라고 적어보세요.
고달팠던 하루가 기쁨으로 물들 것입니다.

한 번에 한 가지 일만 하기

당신은 한 번에 한 가지 일만 하나요? 여러 가지 일을 하나요? 예를 들면 노래를 들으며 공부를 하다가 잠시 카톡을 확인하진 않나요? 혹은 TV를 틀어두고 휴대폰을 만지작거리며 밥을 먹진 않나요?

결론부터 말하자면 이런 행동은 뇌를 퇴화시키는 행동입니다. 우리의 뇌는 한 번에 한 가지 일만 집중하도록 설계되어 있습니다. 뇌는 여러 가지를 한꺼번에 할 때 쉽게 스트레스를 받고 주의가 산만해집니다.

MIT 뇌 신경학자 얼 밀러는 "우리의 뇌는 멀티태스킹을 잘할 수 없도록 되어 있다. 사람들이 멀티태스킹을 수행할 때, 실제로는 단지 한 가지 일에서 다른 일로 매우 빨리 전환할 뿐이다."라고 말했습니다.

만약 재미있는 인스타 영상을 보면서 공부를 하고 있다

면 집중력은 인스타 영상으로 쏠리게 됩니다. 그렇기에 공부를 제대로 할 수 없는 것입니다. 그렇다면 우리는 왜 한 번에 여러 가지 일을 하고 싶어 하는 걸까요?

원시시대 우리의 뇌는 끊임없이 경계를 해야만 했습니다. 안 그러면 호랑이나 뱀 같은 무서운 동물을 만나 위험에 처할 수도 있기 때문입니다. 이러한 본능이 우리 안에 남아있기 때문에 우리는 여러 가지를 동시에 처리하고 싶어 합니다. 그리고 이렇게 주변을 경계할 때 뇌에서 도파민이 나와 보상을 해주게 됩니다.

그러나 멀티태스킹은 뇌를 망치며 IQ까지 낮추는 행동입니다. 이는 밤잠을 안 자거나 대마초를 피우는 사람들에게서 보이는 것과 비슷한 수준입니다. 영국 런던대 연구에 따르면, 여러 작업을 동시에 하는 실험에 참가한 성인 남성의 IQ가 8세 어린이 평균 범위로 떨어졌습니다.

또한 멀티태스킹은 스트레스 호르몬인 코르티솔 호르몬을 증가시킵니다. 우리의 뇌가 계속해서 스트레스를 받으며 결국 기진맥진하게 만드는 것입니다. 뇌는 한 번에 여러 가지 일에 집중하지 못하도록 설계되어 있습니다. 멀티태스킹은 스트레스를 불러일으키고, 기울이는 노력에 비해 일의 효율성이 떨어지거나 집중력이 저하돼 오류가 발생하기 쉽습니다.

여러 가지 일을 한 번에 하는 멀티태스킹보다 한 가지 일에 집중하는 '모노태스킹Monotasking'을 추천합니다. 사람들과 대화할 때는 휴대폰을 만지지 말고 대화에 집중해 보세요. 밥 먹을 땐 음식의 맛을 음미해 보도록 합시다. 이렇게 한 번에 한 가지만 하는 것이 두뇌를 가장 효율적으로 쓰는 방법입니다.

영화 보며
실컷 울기

저는 오랜 시간 감정을 누르고 마음의 소리를 듣지 못한 채 살아왔습니다. 그러다 보니 제가 누구인지, 무엇을 좋아하는지, 왜 살아야 하는지 잊어버리고 원했던 삶과는 다르게 살게 되었습니다.

이것은 어디로 가는지 모르면서 달려가는 것과 같습니다. 우리는 우리에게 행복을 선택할 권리가 있다는 것을 잊어버렸습니다. 왜 무엇 때문에 살아가는지도 모른 채 인생이라는 바다를 방황하고 있는 걸지도 모릅니다. 이렇게 살면서 "지금 내가 뭘 해야 할까?"라는 질문할 여유도 잊어버립니다.

그렇게 하루하루 버티며 살다 보면 어떤 날은 아무나 붙잡고 하소연을 하고 싶기도 합니다. 이럴 때 휴대폰을 꺼내 ㄱ부터 ㅎ까지 모두 살펴봐도 딱히 전화할 사람이 없다는 것을 발견하게 됩니다. 그때 찾아낸 방법이 바로 영화를 보는 것입니다. 요즘은 어렵지 않게 영화의 줄거리나 후기들을 찾아볼 수 있습니다. 그중 오랫동안 사랑받는 영화들을 찾아봅니다.

아무 생각 없이 영화를 틀어놓고 따뜻한 차 한 잔을 마시면 어느새 고민을 잊어버리게 됩니다. 영화주인공의 삶에 따라 여러 감정이 번져갑니다. 등장인물의 마음을 느끼며 정신없이 웃고 울다 보면 마음이 시원해집니다. 좋은 영화를 보고 나면 마음에 여운이 남습니다. 영화가 결국 끝나는 것처럼 오늘 내 삶에 힘들었던 시간들도 "이 장면은 이제 촬영이 끝났어요. 더 이상 안 찍어도 돼요."라고 말해주는 것 같았습니다.

그러니 여러분도 인생의 작은 사건에 너무 속상해하지 마세요. 그것은 당신의 아름다운 삶 중 정말 작은 부분일 뿐입니다. 너무 두려워하지 마세요. 두려움도 긴 시각에서 보면 당신을 도와주러 온 것입니다. 두려움을 피하지 않고 바라보면 당신이 어떤 삶을 진정으로 살고 싶은지 깨닫게 됩니다.

앞으로 어떻게 살 것인지는 당신이 선택할 수 있는 문제입니다. 자유로움, 행복함, 가벼움, 설렘을 선택할 것인지 무기력, 지침, 피곤함, 감정 억압, 힘듦을 선택할지는 우리 각자의 선택에 달려 있습니다. 저는 당신이 믿는 대로 당신의 삶이 변할 것이라 믿습니다. 당신은 영화에 담긴 메시지를 통해서 조금씩 당신 자신을 알아가게 될 겁니다. 또한 삶과 관계를 통해서 계속해서 배우고 성장할 것입니다. 아무 걱정하지 마세요. 결국 당신의 영화 또한 우여곡절 끝에 해피엔딩으로 마무리될 것입니다.

하루에 하나씩 마음챙김   TO DO LIST

□ 돈 버는 감정습관 만들기

□ 스트레스 인정하기

□ 긍정 확언

□ 체인지 외치기

□ 별 바라보고 소원 빌기

□ 마법의 질문하기

□ 걱정상자 만들기

□ 만족 확언

□ 한 번에 한 가지 일만 하기

□ 영화 보며 실컷 울기

Part 8

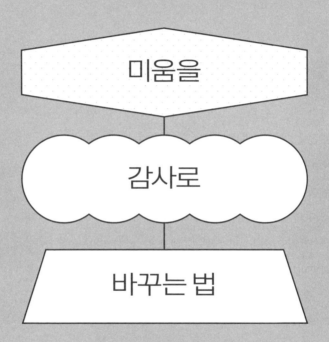

미움을

감사로

바꾸는 법

팔 굽혀 펴기
한 번 하기

저는 임신했을 때 평균적으로 20킬로그램이 넘게 증가했습니다. 출산 후 맞는 옷이 없어 아이를 돌보며 살까지 빼려고 했는데 여간 어려운 것이 아니었습니다. 아이 돌보는 건 주로 제 몫이었고, 체력은 바닥에 빈혈도 있었습니다. 이때 시작했던 것이 팔 굽혀 펴기 한 번이었습니다. 체력이 없을 땐 서서 벽에다 대고 하는 팔 굽혀 펴기를 했습니다. 그러다 점점 체력이 좋아지며 바닥에 대고 팔 굽혀 펴기를 할 수 있었습니다.

팔 굽혀 펴기를 하면 혈액순환이 잘됩니다. 사실 머리끝부터 발끝까지 이동한 피가 다시 심장으로 돌아오는 것은 여간 어려운 일이 아닙니다. 그런데 바닥에 대고 팔 굽혀 펴기를 하면 발끝과 종아리에 쌓여있던 혈액이 쉽게 심장으로 간다고 합니다.

이렇게 팔 굽혀 펴기를 시간 날 때마다 한 번씩 하다 보면 조금씩 근력이 생깁니다. 어느 날엔 무릎을 대고 팔 굽혀 펴기를 했습니다. 그러다 한 번이 어느새 두 번이 되고, 열 번도 되며 힘이 생겼습니다.

재미가 붙으면 팔 굽혀 펴기를 25번씩 4번에 나눠 100번도 하게 됩니다. 팔 굽혀 펴기 한 번도 어려웠던 사람이 백 번까지 하게 되면 뭐든 할 수 있을 것 같다는 기분 좋은 감정을 느끼게 됩니다. 자신을 격려하고 칭찬할 수 있는 여유도 생깁니다.

저는 팔 굽혀 펴기로 자세를 바르게 하며 혈액 순환을 돕고, 근력운동에 재미를 붙일 수 있었습니다. 그 후로 틈새운동을 통해 건강해지는 것을 느꼈고, 네 아이를 임신하며 얻게 된 80킬로그램도 천천히 감량할 수 있었습니다.

무엇보다 예전에 비해 체력이 향상되어 좋습니다. 그런데 재미있게도 이 모든 것은 별것 아닌 팔 굽혀 펴기 한 번에서 시작했습니다. 만약 운동할 시간이 따로 없다면 화장실을 갈 때마다 한 번씩 벽에다 대고 팔 굽혀 펴기를 해 보면 어떨까요?

스쿼트 한 번 하기

양가 부모님의 나이가 70대 중후반이 넘게 되었습니다. 매번 뵐 때마다 근육이 빠르게 감소하고 있는 것이 느껴집니다. 나이가 들면 허벅지 근육이 자연적으로 감소하게 됩니다. 그러면 앉았다 일어나는 것, 땅에 떨어진 물건을 집는 행동을 할 때마다 어려움을 느끼며 삶이 불편해집니다.

저는 아버지께서 재활 운동을 통해 늦은 나이에 스쿼트를 배우시는 걸 보고 다행이라고 생각했습니다. 아버지는 새로운 동작을 낯설어하셨지만 그래도 꾸준히 운동을 하시며 건강을 챙기시는 모습이 보기 좋았습니다.

사실 한 살이라도 젊을 때부터 허벅지 근육감소를 방지하는 강화 운동을 꾸준히 하는 것이 중요합니다. 가장 쉽게 시작할 수 있는 운동이 바로 스쿼트입니다. 스쿼트는 적절한 강도로 행해졌을 때 테스토스테론과 인간 성장 호르몬

분비를 유발합니다. 이 호르몬들은 우리의 근육이 성장하는 데 필수적이며 다리뿐 아니라 신체 다른 부분들의 근육량에도 도움을 줍니다.

허벅지 근육이 늘어나면 기초 대사량이 높아지게 됩니다. 근육량이 늘어나면 혈류가 촉진되어 체내 곳곳에 꼭 필요한 산소와 영양분이 원활하게 공급되게 됩니다. 이는 에너지 소모를 늘리고 살이 찌는 것을 방지하므로 건강하고 탄탄한 느낌을 줍니다.

또한 나이가 들수록 무릎 연골이 닳아 관절염이 발생하게 되는데 이를 예방하는 차원에서 허벅지 근육 강화가 필요합니다. 허벅지 근육이 건강해지면 무릎에 걸리는 부담이 줄어들고 통증을 완화할 수 있게 됩니다. 다리가 아프고 무릎이 쑤신다고 운동을 하지 않으면 근력이 떨어지고 살이 쪄서 오히려 무릎에 더 많은 부담이 생겨 아프게 됩니다.

스쿼트를 하면 배에 힘을 줄 수밖에 없는 코어 운동이 되어 균형을 잡는 데 중요한 역할을 합니다. 스쿼트는 모든 운동 선수들이 훈련할 때 반드시 추가하는 운동입니다. 스쿼트를 하게 되면 더 빠르고 높이 움직일 수 있는 힘을 얻기 때문입니다.

먼저 스트레칭으로 몸을 살짝 풀고 발을 골반 너비로

벌려보세요. 두 발은 평행하게 두고 무게 중심이 발꿈치와 발볼 사이에 균등하게 배분되도록 해보세요. 한 번에 들숨을 마시면서 무릎을 천천히 구부려 할 수 있는 만큼 몸을 낮춰보세요. 마치 의자에 앉으려는 것처럼 몸 뒤쪽이 뒤로 움직여야 합니다. 이 과정에서 통증이 느껴진다면 아주 조금만 앉았다 일어나면 됩니다. 이제 숨을 뱉으면서 뒤로 간 몸을 앞으로 일으켜 세워보세요.

이 글을 보며 운동하기 싫다는 생각이 들 수 있습니다. 그럴 때 "그래도 스쿼트 한 번은 가능하다! 왠지 모르지만 할 수 있을 것 같다!"라고 선포해 보세요. 자신의 삶을 만들어 가는 것은 각자의 몫입니다. 저는 당신이 건강하게 오래 살기를 바랍니다.

낯선 장소에 가기

어린 시절 할머니 집은 가까운 곳에 있었습니다. 그래서 저는 할머니 집에 자주 놀러 갔습니다. 할머니 집에 있으면 모든 연령대의 사람들을 두루 만날 수 있었습니다. 할머니 집엔 갓 결혼한 부부, 어린 아기, 임산부, 노인, 중년 등 온갖 종류의 사람들이 오고 갔으니까요. 때문에 저는 삶의 자연스러운 연속성을 배울 수 있었습니다.

아이가 학생이 되고, 학생이 어른이 되고, 어른이 부부가 되거나 혼자 살고, 중년을 거쳐 노인이 되는 과정 말입니다. 이런 모습을 보면서 언젠가 나도 노인이 될 것이라고 자연스럽게 받아들일 수 있었습니다. 할머니 연령대의 사람들에겐 죽음은 자연스러운 일이었습니다. 저는 장례에 참석하는 할머니의 모습을 보며 우리에게 거저 주어진 삶이 얼마나 중요한지 알 수 있었습니다.

그러나 저희 아이들에게 할머니 집은 너무 멀고, 사는 동네에는 젊은 부부와 또래 친구들만 가득합니다. 그래서 저는 아이들을 데리고 가까운 재래시장에 갑니다. 재래시장에 가면 예전에 제가 할머니 집에서 경험했던 것 같은 다양한 인간 군상을 만날 수 있습니다. 많은 사람들이 사랑하는 큰 공원이나 바다에도 자주 갑니다. 그곳에는 각자의 사연을 가진 수많은 사람들이 있습니다. 이런 작은 여행은 새로운 관점으로 사람들을 만날 수 있는 좋은 기회입니다.

만약 당신이 늘 다니던 길만 다니고, 만나는 사람들만 만나고 사는 것에 익숙해졌다면 새로운 길을 찾아보는 건 어떨까요? 그곳은 집 가까운 도서관일 수도 있고, 산책로일 수도 있고, 평소 가 보지 않은 낯선 동네일 수도 있습니다.

사람은 모두 다릅니다. 사람들은 모두 이 세상 누구에게도 없는 고유한 개성을 가지고 있습니다. 그러니 작은 모험을 떠나보세요. 늘 같은 곳에서만 웅크린다면 인생의 많은 부분을 놓치게 됩니다. 생각보다 지구에서의 삶은 빠르게 흘러갈 것입니다. 부디 다양한 관점으로 삶을 경험할 좋은 기회를 놓치지 않기를 바랍니다.

억눌린 두려움 풀기

오래전부터 태어난 날이 그다지 기쁘지 않았습니다. 뭔가 죄스러운 마음이 컸습니다. 어머니는 이혼하고 싶을 때 제가 임신되어 아버지와 헤어질 수 없었다고 지나가듯 말씀하셨습니다. 이 말을 들을 때마다 저는 눈치 없이 배 속에 들어와 어머니의 인생을 발목 잡았다는 생각에 미안한 마음이었습니다.

아들을 바라는 집안에 딸로 태어나서 수많은 가족들을 실망시켜서 미안하기도 했습니다. 이러다 보니 저는 제 생일이 하나도 즐겁지 않았습니다. 생일이 되면 엄마가 나를 낳느라 얼마나 힘들었을까 하는 죄책감에 시달렸습니다. 그래서 제대로 생일을 챙기지 않았습니다.

그런데 이렇게 살다 보니 문제가 생겼습니다. 제 생일을 챙기지 않다 보니 아이들의 생일도, 남편의 생일도 잘 챙길 수 없었습니다. 생일을 진심으로 축하한 적이 없으니 어떻게 해야 할지 도무지 모르겠다는 생각뿐이었습니다. 저는 세상이 무섭고 아무도 나를 원하지 않는다는 생각이 들 때마다 이 말을 반복했습니다.

"나는 사랑받고 있습니다. 나는 사랑하고 있습니다."

이 말을 하다 보면 어느새 마음이 따뜻해지는 것을 느꼈습니다. 또한 혼자 있을 때 "네, 도와주셔서 고맙습니다. 감사합니다."라고 의식적으로 말했습니다. 이런 말은 상대방과 세상을 신뢰할 때 할 수 있는 말이었습니다. 그렇게 얼어붙은 마음을 서서히 녹여갔습니다.

상대방을 믿지 않을 땐 도와준다는 말을 들어도 "아니에요. 괜찮아요."라고 거절하게 됩니다. 혹은 "너보다 내가 일을 훨씬 잘해서 필요 없어."라는 식으로 말하게 되지요.

이렇게 된다면 평생 혼자 일을 해야 합니다. 자신을 사랑하지 않는 사람은 세상도 날 사랑하지 않는다고 믿습니다. 자기 자신의 존재를 의심하면 세상이나 다른 사람도 의심하게 됩니다. 자신을 미워하는 사람은 세상이 나를 공격하고 있다고 착각합니다.

이런 마음을 가지고 있으면 불안해지고 걱정이 많아집니다. 오지도 않은 미래까지 걱정하는 데 시간을 다 씁니다. 이러다 보니 늘 시간에 쫓기고 불안합니다. 그러다 언젠가는 한계를 느끼고 쓰러지거나 포기합니다. 반드시 모든 일을 나만이 해내야 한다는 것은 참으로 고집스러운 생각입니다. "이 세상에 할 수 있는 사람이 나밖에 없다. 며느리도 몰라."라고 말하는 시어머니는 아무리 도와줄 사람이 많아도 평생 쉬질 못하고 혼자 요리를 해야 합니다.

도와달라고 말하지 못하는 사람은 하나를 받으면 반드시 하나를 도와줘야 된다는 부담감을 가지고 있습니다. 이런 사람은 자기가 도움을 받게 되면 반드시 보답을 해야 하는데 그것이 부담스러워 차라리 받지 않겠다고 생각하는 것입니다.

그러나 마음을 열고 도움을 받아들여보세요. 도움을 받을 때 "감사합니다."라고 표현하는 것만으로도 상대방에게 큰 기쁨을 줄 수 있습니다. 받을 수 있는 모든 것을 감사한 마음으로 받아보세요. 마음을 열고 받아들이게 된다면 상상도 못 할 일이 벌어지게 됩니다. 그러다 보면 삶에 어느새 좋은 것이 가득해질 것입니다.

풍요로움은 늘 상상을 초월한 곳에 있습니다. 언제 어떻게 만날지 모르지만 확실한 것은 당신은 풍요로움을 누려도 되는 존재라는 것입니다.

자신을 인정해 주세요. 자신이 열심히 살아왔음을 알아주세요. 세상에는 당신을 도와주고 싶어 하는 사람이 많

습니다. 그들이 당신을 도울 수 있는 기회를 주세요. 이것만
으로 충분합니다.

관계에 대한
생각 검토하기

뜨거운 불덩이를 손에 든 사람이 있습니다. 그 사람은 복수를 하기 위해 불덩이를 지니고 있습니다.

'만나기만 해봐라, 내가 이걸로 널 혼내줄 거야.'

그러나 아무리 기다려도 상대방은 오지 않습니다. 그는 불덩이를 들고 뜨겁다고 고함을 치면서도 불덩이를 버리지 못합니다. 언젠가 복수할 때 쓰기 위해서 오늘의 고통을 참습니다.

만약 이 사람이 더 이상 다치지 않으려면 어떻게 해야 할까요? 답은 불덩이를 놓아버리는 것입니다.

"앗, 뜨거워! 복수하려다가 내가 먼저 타죽을 뻔했네."

법륜스님은 불덩이를 가지고 있어 봐야 나만 손해라는 사실을 알아차리는 것이 지혜라고 설명합니다. 어느 날 밤의 일입니다. 퇴근길에 옆 차가 정말 위험하게 선을 넘었습니다. 만약 방어 운전을 하지 않았다면 저는 죽었을 수도 있었습니다. 너무 위급한 순간이었기에 저는 상대방 운전자를 향한 심한 욕설을 뱉었습니다. 다행히 사고는 나지 않았지만 너무 놀라고 화나 당장이라도 쫓아가 보복하고 싶었습니다. 그러다 문득 이런 생각이 들었습니다.

'만약 정말 사고가 나서 죽었다면 내가 세상에 마지막으로 남긴 말은 분노에 가득 찬 욕설이었겠구나.'

이런 생각을 하니 분노로 빨갛게 불타오르는 마음이 차갑게 식었습니다. 상대방이 잘못이 없다는 것이 아니라 내가 스스로 독을 삼키고 있다는 생각이 들었기 때문입니다. 부정적인 태도는 제일 먼저 나에게 독이 됩니다. 당신을 힘들게 했던 사건은 이미 지나간 일입니다. 더 이상 스스로 만든 감옥에 갇혀 불덩이를 들고 살지 않아도 괜찮습니다. 노자『도덕경』에는 이런 구절이 나옵니다.

"누군가 너에게 해악을 끼치거든 앙갚음하려 들지 말고 고요히 앉아 강물을 바라보아라. 그럼 머지않아 그의 시체가 떠내려올 것이다."

이 글은 참으로 담담한 어조로 쓰여 있습니다. 사람이 한 행동은 반드시 주인에게 되돌아오기 마련입니다. 그러므로 양손에 쥔 불덩이를 내려놓고 지금 자신을 위해 할 수 있는 일이 무엇인지 찾아보세요. 그러면 아무것에도 걸림

없이 자유롭게 살아갈 수 있습니다. 과거는 지나갔으니 오늘 나의 생각으로 새로운 삶을 만들 수 있습니다.

거절하는 연습하기

어느 날 가족에게 연락이 왔습니다. 다짜고짜 A를 도우라고 말씀하셨습니다. 저는 거절했습니다. 이미 A를 몇 번 도와주었기 때문입니다. 기존의 경험으로 A의 상황은 한 번의 도움으로 끝날 수 있는 문제가 아니라는 것을 알게 되었습니다. 이것은 한 번 시작되면 밑 빠진 독의 물 붓기처럼 계속될 의미 없는 일이었습니다. 그래서 거절했습니다.

그러자 전화를 건 가족이 불같이 화를 냈습니다. 거절당한 모든 분노를 욕으로 표현했습니다. 저는 열심히 일하고 있다 갑작스럽게 전화를 받고, 공손하게 거절했지만 욕까지 먹게 되어 황당했습니다. 제가 힘들 땐 외면하던 사람이 A가 힘들 때마다 제게 연락해 압력을 넣는 것이 불공평하게 느껴졌습니다.

감정을 조절하기까지 꽤 오랜 시간이 걸렸습니다. 때때

로 가족은 제게 다른 가족들도 모두 챙기고 도와야 한다고 강요합니다. 말을 잘 들어야 착한 아이라고 합니다. 그러나 저는 알고 있습니다. 9번 하자는 대로 해도 1번 거절하면 또 화를 내실 거라는 것을 말입니다.

어느 집이나 어려운 사람은 늘 존재합니다. 그러나 그들이 스스로 문제를 해결하는 법을 깨닫지 못한다면 주변에서 아무리 도와봐야 별 소용이 없습니다. 물고기 잡는 법을 배울 생각이 없는 사람에게 아무리 힘들게 잡은 물고기를 줘봐야 결국 서로 상처가 될 뿐입니다.

가족의 마음에 들기 위해 죽을 만큼 노력해도 결국 상처만 남는다는 것을 알았습니다. 그래서 그들이 원하는 제 모습으로 살기를 포기했습니다. 이렇게 되면 외로워질 수 있고, 인정받지 못할 거고, 나쁘다며 욕을 먹을 수 있습니다. 그래도 괜찮습니다. 저는 이제 성인이고 제가 좋아하는 저로 살기로 결심했으니까요. 이젠 더 이상 인정을 구걸하지 않습니다. 제가 제 노력을 알고 스스로를 인정하고 있으니 그 누구의 인정도 필요 없게 되었습니다.

남의 눈치를 보느라 오늘을 희생하는 삶은 불행합니다. 인정받기 위해 누군가를 돌보는 삶을 포기하세요. 자신이 좋아하는 삶을 사세요. 당신은 당신답게 살 권리가 있습니다. 지금 이 순간의 선택이 당신의 삶을 만듭니다. 거절하세요. 당신은 원하지 않는다면 언제든 거절해도 괜찮습니다. 오히려 빨리 거절하는 것이 그들을 더 돕는 방법입니다.

내 삶이
시트콤이라면

남편이 시댁에 가서 하루 종일 밭일을 하고 온 날 밤의 일입니다. 밤새 끙끙 거리는 소리가 나서 쳐다봤더니 남편 이마가 불덩이입니다. 입고 있는 옷까지 모두 땀으로 젖은 걸 보니 몸살인가 봅니다. 남편은 몸이 춥다고 거실로 나오지도 못하고 안방에 틀어박혀 먹고 자는 생활을 하게 되었습니다. 다행히 주는 밥은 잘 먹는데 수상한 느낌이 들어 들어가 보니 컴퓨터 게임을 하고 있습니다. 게임을 하는 걸 보니 괜찮아 보여 집을 치워달라고 부탁했습니다.

남편은 한참 누워있더니 어느새 나와 열정적으로 집을 치웠습니다. 네 아이와 강아지, 고양이의 흔적들이 순식간에 사라집니다. 만족스럽습니다. 그런데 무언가 이상합니다. 남편 안색이 왜 저런 걸까요? 집을 치우면서 얼굴이 흘러내린 걸까요? 남편 목뒤로 식은땀이 줄줄 흐릅니다. 순식간에 너무 아파 보입니다.

두려웠습니다. 어떻게 하면 저렇게 순식간에 살이 빠질 수 있을까요? 남편은 청소를 다 마치고 땀이 너무 흐른다며 안방으로 들어갔습니다. 너무 걱정되는 마음에 들여다보았더니 세상에나 게임을 하고 있습니다.

게임을 할 땐 땀도 나지 않고 하나도 아파 보이지 않습니다. 인체의 신비인가 봅니다. 그래도 저는 기분이 좋습니다. 남편이 아무것도 하지 못하고 끙끙 앓는 것보다는 간헐적으로 아픈 것이 더 낫다는 생각을 합니다. 게임하는 남편을 물끄러미 쳐다보니 갑자기 아픈 표정을 짓습니다. 그리고 앞으로 자기는 일주일은 더 아플 것 같다고 말합니다.

저는 알았다고 답합니다. 실제로도 남편은 심각하게 아팠습니다. 애들을 데리고 부지런히 놀이터에 다녀야 하는 것은 온전히 제 몫이 되었습니다. 일하면서 틈틈이 낮에는 아파트 놀이터, 밤에는 인적이 드문 공원 놀이터로 두 탕을 뛰어야 합니다. 아이들은 하루 네 시간씩은 뛰어놀고 세 끼를 꼬박꼬박 먹고 두 번은 간식을 먹어야 합니다. 먹는 시간, 먹는 음식, 취향이 모두 다릅니다. 다양한 개성을 가진 아이들과 함께 하면 하루가 금세 지나갑니다.

이제 설거지의 산, 빨래의 산, 씻김의 연속이 남아있습니다. 인내심 증진대회에 출전한 것 같습니다. 삶은 성장을 위한 아름다운 기회들로 가득합니다. 몸이나 마음은 힘들면 저절로 눈물이 흐릅니다. 그러면 힘든가 보다 하고 좀 쉬어줍니다. 저는 가끔씩 뚜껑이 열렸다 닫히는 걸 빼면 다 괜찮습니다. 아이들을 돌보면서 하루 종일 감정이 널뛰는 것을 즐겁게 바라보았습니다.

집이 망하고 파란만장하게 살던 저는 웃을 수 있는 TV 프로그램이 좋았습니다. 그런데 요즘 보니 제 삶이 아주 즐거운 시트콤 같습니다. 소나기가 내린 뒤 맑은 하늘과 반짝이는 별을 경험해 본 사람은 지나가는 소나기도 기쁨으로 환영할 수 있게 됩니다.

우리의 삶 속에 가득한 무거운 짐들도 눈물과 함께 쏟아져 버리면 맑은 하늘처럼 변합니다. 새벽 세 시, 아이의 기저귀를 갈아주기 위해 눈을 뜬 저는 창밖의 달을 바라봤습니다. 달은 제게 충분히 잘하고 있다고 말해주는 것 같습니다. 새근새근 자고 있는 아이들을 바라보며 저는 감사의 기도를 드립니다.

저는 아이들이 빨리 크기를 바라지 않습니다. 지금 이 순간, 할 수 있는 일들을 해나가며 제 삶을 끌어안고자 합니다. 제가 선택한 삶이기에 기쁘게 받아들이고 싶습니다. 모든 것이 다 좋고 괜찮습니다.

안 쓰는 물건
나눠주기

저는 최근 아이들이 입지 않는 새 옷과 신발들을 모두 자선
단체에 기부했습니다. 사용하지 않는 쓸 만한 용품은 당근
마켓에 올려 이틀 만에 다 팔게 되었는데, 어떤 것은 제가
구매한 가격의 30퍼센트도 못 받았고 무료로 주기도 했습
니다. 그런데 기분이 참 홀가분했습니다.

제가 가지고 있던 많은 화분들은 원예가 취미인 이웃에
게 무료로 전부 주었는데요. 비바람이 부는 추운 날 노래를
흥얼거리며 화분을 가져가는 모습을 보며 행복함을 느꼈습
니다. 얼마나 좋으면 궂은 날 노래를 부르며 올까요?

앞으로도 기회가 될 때마다 이런 식으로 가지고 있던
물건들을 제자리로 돌려보내려고 합니다. 택배가 하나 올
때마다 집에 있는 물건들을 하나씩 버리면 어느 정도 균형
이 맞지 않을까 생각합니다.

《나는 4시간만 일한다》의 저자 팀 페리스도 비슷한 경험을 나누었습니다. 어느 날 그는 모아 둔 경제지를 다시는 읽지 않을 거고, 자신은 대부분 셔츠 5장과 바지 3벌만 입고 지낸다는 사실을 발견했다고 합니다. 또한 가구는 새 가구로 바꿀 때가 되었고, 야외용 그릴은 사서 한 번도 사용하지 않을 것이며 앞으로도 쓰지 않을 것 같다는 생각을 했습니다.

그는 전에는 돈을 주고 살 가치가 있다고 생각했던 물건들을 버리는 게 힘들었다고 고백합니다. 옷을 분류하기 시작한 10분 동안은 어떤 자식은 살리고 어떤 자식은 죽여야 할지 고르는 것만 같았다고 하더군요.

그러나 일단 버리고 정리하기 시작하자 추진력이 생기며 식은 죽 먹기가 되었다고 합니다. 그는 집을 싹 정리한 이후에 물리적 여유 공간이 아닌 마음속에 여유 공간이 생겼음을 발견했습니다. 그는 전에는 마음속에서 정신적 응용 프로그램 스무 가지가 동시에 돌아가고 있었다면, 이제는 겨우 한두 가지가 돌아가고 있는 것 같다고 했습니다. 물건을 정리하면 생각은 더 명료해지고 훨씬 행복해집니다.

중국 철학자인 노자는 천 리 길도 한 걸음부터라고 말했습니다. 오늘 안 쓰는 물건 하나를 버리고 정리해 보면 어떨까요?

자신의 일에만
신경 쓰기

저는 오지랖 넓은 사람이었습니다. 아프고 힘들고 지치고 어려운 상황에 있는 사람들은 도와야 한다는 교육을 받으며 자랐기 때문입니다. 그래서 힘든 사람이 보이면 혹시 불편한 부분이 있지 않을까 살피고, 언제든 도와주려고 하는 준비를 하고 있었습니다.

　누군가를 도와주고 받는 인정이나 관심, 칭찬도 좋았던 것 같습니다. 이런 유년기 시절을 보냈기 때문인지 힘든 사람들을 도와주지 못할 경우엔 오랫동안 마음이 불편했습니다. 남을 돕는 태도도 처음엔 아무 대가 없이 행복하길 바라는 마음이었지만 어느 순간 '그래도 내가 이런 부분은 너보다 나으니까.' 같은 태도로 변하기 시작하며 갈등이 생겼습니다.

　저는 도와주지 않으면 욕먹을까 봐, 제대로 돕지 않았다고 욕먹을까 봐 자주 자책했습니다. 그러다 보니 거절도 잘 못하고 점차 타인에겐 관대하고 저에겐 엄격한 사람으로 변했습니다. 그때 사는 게 힘들었습니다. 꿈보다 죄책감이 큰 사람은 잘 살기 어렵습니다. 미안함보다 자기 꿈이 더 커야 합니다. 그래야 꿈에 집중하며 살 수 있습니다.

이제 저는 많은 사람들에게 자신의 삶에 집중하는 방법을 알려 주는 일을 합니다. 오랜 시간 눈치를 보고 온통 시선이 외부로 향해 있었던 제가 지금은 사람들에게 시선을 내부로 돌린 뒤의 변화에 대해 나누게 되었습니다.

혼다 켄은 저서《돈과 인생의 진실》에서 자동차의 엔진 구조를 알지 못해도 키를 돌리고, 엑셀과 브레이크를 밟고, 핸들을 조작하며 운전하는 것처럼 생각의 힘도 마찬가지라고 이야기했습니다. 구조를 몰라도 사용할 수 있습니다. 이처럼 외부로 향한 관심을 내부로 돌린다면 삶은 조금씩 변화될 수 있습니다.

누군가를 돕고 싶은 마음이 들 때, 어떻게 하면 그 마음을 나를 돕는 데 쓸 수 있을지 한번 물어보세요. 사실 우리 모두의 목적은 같습니다. 자신이 가지고 있는 잠재력을 최대한 키워 세상을 좋게 만드는 것입니다. 우리 삶의 가장 큰 선물은 자신이 배워온 지식과 지혜를 세상에 나누는 것일지도 모릅니다. 그러나 이 과정에서 눈치 보는 데 너무 많은 에너지를 써버린다면 추진력을 얻기 어렵습니다.

만약 나이, 돈, 집안 사정 등으로 바쁘기 때문에 시선을 내부로 돌리는 것을 못한다고 생각한다면 당신은 더 이상의 가능성을 체험할 수 없을 것입니다. 못한다고 할 때마다 당신은 스스로를 한계 짓고 있으니까요. 이런 사람들일수록 시선을 외부로 돌려 자신의 진짜 마음을 보지 않으려 합니다. 평생 남만 돕고, 정작 자신은 돕지 않는 것입니다.

삶은 언제나 우리가 주로 하는 생각들을 다시 비추어줍니다. 내면의 태도를 바꾼다면 그에 맞는 좋은 사건과 사람을 끌어당길 수 있습니다.

당신이 스스로를 돌보기를 바랍니다. 지금은 당신이 외부로 향하는 시선을 거두고 내부를 바라볼 때입니다. 모든 답은 당신 안에 있습니다. 필요한 모든 것을 당신 안에서 끌어내세요. 그렇게 한다면 오랫동안 지치지 않을 새로운 나를 창조할 수 있습니다.

감사하다고
말하기

"나약함을 담담하게 받아들이고, 별 큰일 없이 무탈하게 지나가는 하루에 진심을 다해 감사할 때 극복의 길이 열린다. 감사야말로 불안과 두려움을 보내오는 운명의 여신에게 맞설 수 있는 인간의 가장 효과적인 무기이다."

책 《타이탄의 도구들》에서 제가 밑줄을 그었던 부분입니다. 불안에서 벗어나는 가장 좋은 방법은 지금 이 순간의 좋은 일에 감사하는 것이라고 합니다. 감사는 돈 한 푼 들이지 않고 나를 행복하게 만들 수 있는 가장 간단한 방법입니다.

"저는 2018년도에 작가님 영상을 보고 '감사합니다' 매일매일 쓰고 했던 사람입니다. 지금 저는 엄청 바뀌었습니다. 경매당해서 통장에 돈 백도 없던 제가 지금은 아파트로 이사했습니다. 직장에서도 500만 원 이상 월급을 받고요.

통장엔 제가 쓸 수 있을 만큼 돈이 있습니다. 갑자기 예전 생각이 나서 인사드리러 글을 남기네요."

우연히 제 유튜브 영상에 이런 댓글이 달렸습니다. 얼마나 기쁘던지요. 참 행복하더라고요. 수년 전부터 제 방송을 꾸준히 듣고 실천해 온 많은 분들이 삶이 완전히 달라졌다면서 감사의 글을 남겨주고 있습니다.

나도 이렇게 잘되었다고 감사의 글을 써보고 싶다고 생각하는 분이 계신다면 지금 한번 조용히 속으로 "감사합니다."라고 말해보세요. 짧은 시간이지만 마음속으로 "감사합니다."를 외친 분이 반드시 있으시리라고 생각합니다. 잘하셨어요. 얼마나 쉽고 좋나요?

제가 살면서 발견한 것은 감사를 하든 불평을 하든 결국 시간은 지금 이 순간에도 빠르게 흐르고 있다는 것입니다. '뭘 그렇게까지 해야 하나.'라는 생각이 들 수 있습니다. 저도 그런 생각에 꾸준히 하지 않다가 어느 순간 시작한 감사인데요. 큰 변화가 있었습니다.

윈스턴 처칠은 태도는 사소한 것이지만 그것이 만드는 차이는 엄청나다고 말했습니다. 만약 감사할 게 하나도 없는 분이라면 지금 사랑하는 사람을 떠올리며, 이렇게 감사해보는 건 어떨까요? "○○덕분에 감사합니다. ○○를 사랑합니다. ○○를 축복합니다."

사람은 누구나 인정받고 싶어 하는 욕구가 있습니다. 가끔씩 "넌 아무 문제 없어." "참 잘했다." "혼자 이만큼 해내느라고 얼마나 애썼을까?" "멋있게 잘 해냈구나! 축하해." 라고 말해줄 사람이 필요합니다. 이제 당신은 당신의 삶에서 몇 개를 틀렸는지 세는 것은 그만하세요. 대신 정말 잘했다고 동그라미를 쳐주세요. 스스로에게 "지금 충분히 잘하고 있어." "넌 아무 문제도 없어." "아무 걱정하지 마."라 용기를 북돋아 주는 사람이 되어주세요.

당신에겐 아무런 문제가 없습니다. 문제라고 믿고 있는 생각만
있을 뿐입니다. 진실은 모든 것은 좋고 괜찮으며
당신은 충분히 잘하고 있다는 것입니다. 자신을 사랑해주세요.
아주 작은 일이라도 좋으니 잘 해낸 것들을 한번 적어보세요.

하루에 하나씩 마음챙김   TO DO LIST

☐ 팔 굽혀 펴기 한 번 하기

☐ 스쿼트 한 번 하기

☐ 낯선 장소에 가기

☐ 억눌린 두려움 풀기

☐ 관계에 대한 생각 검토하기

☐ 거절하는 연습하기

☐ 내 삶이 시트콤이라면

☐ 안 쓰는 물건 나눠주기

☐ 자신의 일에만 신경 쓰기

☐ 감사하다고 말하기

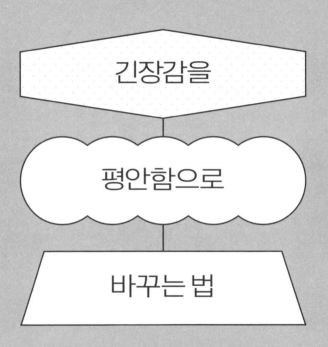

Part 9

긴장감을

평안함으로

바꾸는 법

좋아하는 소리 듣기

성공한 사람들은 집중력을 높이기 위해 특정 음악을 반복해서 듣는다고 합니다. 저 또한 강의를 준비하거나 책을 쓸 때 틀어 놓는 음악이 있습니다. 그 음악들을 틀어 놓으면 확실히 더 빨리 몰입할 수 있게 됩니다. 왜 이런 효과가 있는 걸까요? 특정 음악을 들었을 때 그 음악을 들었을 때의 감정 상태로 돌아가기 때문입니다. 그래서 더욱더 빨리 분위기에 빠져들고 집중하게 됩니다.

　당신이 행복했을 때 어떤 소리들을 들었나요? 당신은 어떤 소리를 좋아하나요? 저는 따스한 봄날 놀이터에서 그네를 탈 때 얼굴을 스쳐 지나가는 바람 소리를 좋아합니다. 뜨거운 여름날 푸른 바다의 출렁이는 파도 소리를 좋아합니다. 여름 장마 때 쉴 새 없이 쏟아지는 빗소리를 좋아합니다. 쌀쌀한 가을날, 따뜻한 방에서 잠든 강아지와 고양이의 숨소리를 좋아합니다. 손이 꽁꽁 얼 정도로 시린 겨울날, 밤새 쌓인 눈을 처음으로 밟을 때 나는 뽀드득 소리를 좋아합니다.

당신의 삶 안에 긴장과 불편함이 있을 수 있습니다. 이런 감정은 오랜 시간을 거쳐 당신의 삶에 자리를 차지했습니다. 그러므로 빠르게 사라질 수는 없을 것입니다. 그러나 조급해하지 마세요. 좋아하는 음악이나 소리를 자꾸 떠올리고 상황에 맞게 들으며 살아가다 보면 어느새 점차 편안해진 당신을 만날 수 있게 됩니다.

공원 산책하기

지금 이 책을 어떤 자세로 보고 계신가요? 혹시 앉거나 누워서 보시나요? 그렇다면 다음 문장이 충격적일 것 같습니다. 건강에 제일 치명적인 생활 태도는 앉거나 누워있는 습관이라고 합니다. 앉아있는 시간이 1시간 늘면 사망률이 평균 2퍼센트, 하루 8시간 이상 앉아있으면 8퍼센트가 증가합니다. 하루 딱 1시간만 앉아있는 시간을 줄이면 성인병 예방에 탁월한 효과가 있습니다.

만약 이 글을 보시고 운동을 해야겠다 생각을 하신다면 일주일에 한 번 가까운 공원으로 나가보면 어떨까요? 공원에 가면 생각보다 많은 사람들이 꾸준히 운동을 하는 모습을 발견할 수 있습니다. 이런저런 구경을 하며 걷다 보면 그렇게 힘들지도 않고 재미있기도 합니다.

여기서 중요한 건 힘들다는 마음이 들기 전 약간 아쉬

울 때 멈추는 것입니다. 그래야 다음에 또 가고 싶은 마음이 생기니까요. 당신이 밖으로 나가 편안하게 걷기 시작할 때 세상은 당신에게 이렇게 말할 겁니다.

"네가 이 세상에 올 때 온 세상이 기뻐서 춤을 추었단다. 우리는 너를 참 좋아해. 우리는 너를 오래 기다려왔어. 너를 밖에서 만나니 더 반갑다. 너는 우리가 사랑하는 소중한 존재란다. 네가 행복할 수 있도록 도와주고 싶어. 너는 우리에겐 참 소중한 사람이야. 우리는 네가 잘되도록 계속 도와줄 거야."

온 세상은 당신이 행복한 경험을 하기를 기다리고 있습니다.

방에서 내려놓기

오늘 예상치 못한 사건이나 일로 속상했나요? 당신이 가진 것이 없다고 생각하나요? 만약 이 생각을 믿는다면 당신은 다른 사람의 것이 탐나고 내 것은 주고 싶지 않은 마음이 들 것입니다. 당신은 이상적인 자신의 모습, 주변 사람들의 반응, 돈, 명예, 인기, 자동차, 집, 주식 등에 대한 계획이 있을 것입니다.

예를 들면 20대엔 직장을 가지고 차를 사고, 30대엔 집을 구하고 결혼을 하고, 40대엔 투자로 성공하고, 50대부터는 여행을 다니며 사는 것 말이죠. 그러나 이것이 당신이 원하는 때에 딱 이루어지길 바란다면 당신은 불행과 가깝게 살게 됩니다.

삶은 늘 변합니다. 또한 모든 일은 예측이 불가능한 경우가 많습니다. 그러나 중요한 것은 내일은 반드시 시작될 것이며 나는 또 하루를 살아야 한다는 것입니다. 저는 지금까지의 경험을 통해 작은 믿음이 생겼습니다. 지금은 아니라고 생각될지라도 긴 시각으로 봤을 때 일어나는 모든 일은 좋은 방향을 향하고 있다는 것입니다.

돈이 걱정인가요? 관계 때문에 힘든 상황인가요? 지금은 믿을 수 없겠지만 이 말을 기억하세요. 해결할 힘은 이미 당신 안에 있습니다. 당장 원하는 결과를 얻지 못해 속상한가요? 결국 원하는 것보다 더 좋은 것을 얻게 됩니다.

삶은 생각보다 치밀합니다. 삶은 당신의 성장을 돕고 있습니다. 삶은 당신이 자만할 때 겸손할 수 있는 기회를 줍니다. 삶은 죽을 것 같을 때 살 수 있는 길을 열어줍니다. 그렇기에 최악의 상황에서도 당신의 삶이 점점 좋아지고 있다고 말할 수 있습니다.

긴장을 푸세요. 긴장해서 얻을 수 있는 것은 아무것도 없습니다. 편안한 내 방에서 복잡했던 생각들을 하나씩 나와 분리해 보세요. 당신이 가진 생각을 내려놓을 수 있다면 당신은 더욱 편안해질 것입니다. '반드시 ~해야만 해!'라는 생각 하나를 꺼내 이렇게 질문해 보세요.

"이 생각이 과연 나를 진정으로 행복하게 하는 걸까?"

당신의 방에서 천천히 호흡을 하며 좋아하는 음악을 들어보세요. 그렇게 편안하게 마음속 긴장을 풀 수 있다면 훨씬 더 많은 좋은 일이 생길 것입니다. 하루 종일 긴장하고 움츠렸을 나를 도와줄 수 있는 분위기를 만들어 주는 것이 좋습니다. 기억하세요. 당신의 삶은 점점 더 좋아지고 있습니다.

걸을 때
구령 붙이며 걷기

아침엔 일어나기 힘들고, 쉽게 피로감을 느끼시나요? 또 평소엔 잘 참을 수 있는 사소한 일에도 화가 확 나는 등 스트레스에 취약한 상태가 되었나요? 그래서 몸과 마음이 지치고 약해진 상태인가요? 이러면 쉽게 우울해집니다. 이럴 때는 의식적으로 삶 속에서 세로토닌을 활성화시킬 방법을 찾는 것이 좋습니다.

세로토닌은 낮에 햇빛을 받으며 리듬운동을 할 때 활성화됩니다. 리듬운동에는 씹기, 보행, 호흡이 있습니다. 즉 빠르게 걷기, 조깅, 웃기, 자전거 타기, 등산, 댄스, 마사지, 노래하기, 껌 씹기까지 포함되는데요.

세로토닌 연구의 일인자이며 뇌 생리학자인 아리타 히데오는 리듬운동을 할 때 의식적으로 행동에 집중하면 좋다고 합니다. 예를 들면 걸으며 하나, 둘, 셋 하는 구령을 붙이는 것도 좋습니다. 또 목을 돌리며 크게 심호흡을 하는 간단한 행동만으로도 세로토닌이 활성화됩니다. 지금 목을 돌리며 크게 심호흡을 한번 해보세요. 또 낮에 햇빛을 받으며 리듬운동을 하다 보면 어느새 아침에 일어나기가 훨씬 쉬워지고 몸과 마음이 좋아질 겁니다.

상대방을
주인공으로 만드는
대화법 연습하기

다른 사람과 대화할 때 나도 모르게 긴장하는 경우가 있습니다. 커뮤니케이션 전문가 노구치 사토시는 처음 보는 사람에게도 친숙하게 말을 거는 방법에 대해 설명합니다. 그는 상대방을 주인공으로 만드는 대화가 정말 중요하다고 합니다.

예를 들어 친구를 만났을 때 "오늘은 왜 이렇게 머리가 아프지?"라고 한다면 "어! 나도 머리 아픈데."라고 하는 경우가 많습니다. 그런데 이런 방식은 내가 주인공이 되는 대화의 방식이라고 합니다. 상대방이 관련 주제에 대해 더 많은 이야기를 할 수 있음에도 불구하고 더 이상 말할 수 없게 되는 것입니다. 여기서의 포인트는 말의 주인공이 내가 아니라 상대방이 되도록 하는 것입니다. 상대 중심의 대화를 할 때 우리는 상대방의 자존감을 세워주고 친밀감을 형성하게 됩니다.

그럼 상대가 "오늘은 왜 머리가 아프지?"라고 말할 때 고수들은 어떻게 답할까요? 이런 식으로 답합니다. "너 요즘 뭐 신경 쓸 일이 있어? 아니면 단순히 감기 몸살인 건가? 어디가 아픈 건데? 너무 심하면 병원에 같이 가 볼까?"라는 식으로 상대방이 더욱 자신의 주제에 대해 말할 수 있도록 하는 것이 좋습니다.

이런 대화 내용을 기억했다가 다음에 만날 때 "그때 머리가 아팠는데 지금은 괜찮아?"라고 말한다면 상대방은 '이 사람이 내가 한 말을 기억하는구나.' 하면서 좋게 생각할 수 있습니다. 별것 아닌 대화 주제에도 관심을 가지고 기억한다면 상대방은 당신을 만날 때마다 기분이 좋을 것입니다.

많은 사람들은 언제 상대에게 호감을 가졌냐고 물어보면 그가 내 말을 관심 있게 들어주었기 때문이라고 답합니다. 누구나 자신의 이야기를 귀 기울여 들어주는 사람에게 호감을 가지게 됩니다. 그러나 안타깝게도 우리는 잘 듣기보다는 내 이야기를 늘어놓기 바쁩니다. 이렇게 된다면 상대가 지금 무슨 생각을 하는지는 하나도 알 수 없을 것입니다.

미국 메이저리그에서 활약 중인 일본인 투수 오타니 쇼헤이는 시합에서 저스틴 벌렌더 선수에게 삼진아웃을 당했습니다. 인터뷰에서 기자가 그때 기분이 어땠냐고 물었습니다. 오타니 선수는 이렇게 대답했습니다.

"그렇게 빠르고 품격 있는 볼은 처음이었습니다."

일반 선수들은 비슷한 상황에서 자신이 어떤 점이 부족했는지에 대해 이야기하는 자기중심적 화법을 구사합니다. 그런데 오타니 선수는 상대방의 장점을 치켜세우면서도 젠틀하게 답했습니다.

우리는 때로 자기가 원하는 바만 이야기하고자 합니다. 이기고 지는 싸움을 하는 것처럼 상대의 말을 무시하기도 하고 빨리 해결하기도 싶어 말을 끊거나 자르기도 합니다. 그러다 보면 인간관계도 좁아지고 자주 긴장하게 됩니다. 이제는 잠시 말을 멈추고 두 귀를 활용해 보세요. 상대방이 말할 때 온전히 귀 기울여보세요. 만약 그렇게 한다면 누구와 대화해도 긴장할 필요가 없으며, 상대방에게도 좋은 느낌을 줄 것입니다.

집착 내려놓기

최근 전세로 살던 집을 계약 기간 전에 옮겨야 했습니다. 저는 부동산에 연락을 돌리고 매일 집을 치우며 사람들을 맞이했습니다. 코로나가 한창일 때라 네 명의 아이들과 강아지는 외부인들이 우르르 올 때마다 옷을 두껍게 입고 아빠와 놀이터를 1시간가량 전전해야 했습니다.

그런데 아무리 해도 집은 나가지 않았습니다. 급한 마음에 부동산 50곳에 연락을 했고 칼바람이 부는 추운 12월부터 집을 10차례나 보여주어야 했습니다. 그러나 집에 들어오겠다는 사람은 없었습니다. 이사 갈 집과 날짜는 정해져 있는데 전세보증금은 묶여있어 답답한 마음이었습니다. 머릿속엔 이런 생각이 가득했습니다.

'집을 보여줘 봐야 소용이 없어. 속상해. 10번이나 보여줬는데 아직도 집이 안 나갔어. 우리가 과연 이사 갈 수 있

을까?'

저도, 아이들도 모두 다 지쳐갈 즈음 남편이 이렇게 말했습니다.

"50번 보여주면 나갈 거야. 그럼 앞으로 40번 남았다고 생각하면 돼."

이것은 완전히 새로운 관점이었습니다. 저는 두세 번만 보여줘도 당연히 집이 나갈 것이라고 착각했고 그대로 이루어져야 한다고 집착하고 있었습니다. 그 결과 속상했고, 불행했습니다. 그러나 남편의 말처럼 앞으로 40번이 남았다고 하니 오히려 마음이 편해졌습니다. 저는 밖에 나가 있기 싫다고 투덜거리는 아이들을 달래고 또 집을 치우고 집을 보러 온 사람들을 맞이했습니다. 과장이나 비하도 없이, 있는 그대로의 현실에 감사했습니다. 그러자 평안이 찾아왔습니다.

이렇게 마음을 완전히 비운 시점에 감사하게도 이사 일정이 딱 맞는 새로운 세입자를 찾게 되었습니다. 계약은 빠르게 진행되었고, 우리가 원하는 날에 보증금을 돌려받을 수 있었습니다. 더 이상 집을 청소하거나 보여주지 않아도 되었습니다. 결국 우리는 원하는 시기에 원하는 곳으로 이사를 가게 되었습니다. 참 고마운 일입니다.

살다 보면 세상 모든 것이 뜻대로 되지 않을 때도 있습니다. 저는 그 순간에도 당신이 행복하면 좋겠습니다. 붙잡고 있는 생각을 놓아보세요. 그리고 마음을 편하게 만드는 생각을 해보세요. 당신의 삶 속에 감사할 일은 많고, 해결법도 반드시 존재합니다. 부디 삶 속으로 기쁨을 초대하세요. 시간이 흐르면 이 세상은 나를 도와주려는 사람들로 가득하다는 걸 알게 됩니다.

혼잣말하기

예전의 저는 긴장이 되면 숨도 잘 못 쉬고, 사람들의 눈을 마주 보는 것도 불가능했습니다. 심할 땐 이 세상 모든 사람이 제 흉을 보는 것 같다는 망상에 빠지기도 했습니다. 가족들이 갈등이 심할 때 제게 서로의 흉을 볼 때가 있었는데, 그 기억들이 얼마나 고통스러운지 트라우마가 된 것입니다.

너무 어렸기에 가족들이 별생각 없이 하는 말들이나 주위 시선까지 비판 없이 모두 받아들인 결과였습니다. 이런 감정을 허용한 결과, 사회생활이 점점 어려웠습니다. 사람을 만나는 게 두려워지니 일할 기회는 점차 줄었고, 점점 더 가난하고 뚱뚱해졌습니다. 유일한 낙은 배가 터질 때까지 싸구려 인스턴트를 입에 넣고 우적거리는 것이었습니다. 세상이 무섭다는 생각이 들 때마다 꾸준히 무언가 입에 넣으면 조금 괜찮아지는 것 같았습니다.

이런 상황에서 벗어나고 싶어 조엘 오스틴과 토니 라빈스의 스피치를 많이 들었습니다. 그들은 현실의 감정을 벗어나는 긍정적인 화법을 사용하라고 했습니다.

"좋아. 이건 좋은 일이야. 내 심장이 두근거리는 건 지금 잘되고 있기 때문이야. 내 몸과 마음은 최고의 성과를 발휘할 수 있는 상태가 된 거야."

이렇게 말하며 크게 숨을 쉬면 아드레날린의 스위치가 꺼지며 재충전할 수 있게 됩니다. 이 말을 반복하다 보면 긴장이 풀리며 웃음이 나옵니다. 영국 유니버시티 칼리지 소피 스콧 교수는 웃음은 스트레스 호르몬인 코르티솔을 낮추고, 웃음에 대한 기대는 아드레날린 수치를 떨어뜨린다고 말합니다.

만약 중요한 일정을 앞두고 가슴이 두근거린다면 크게 심호흡을 하며 "이건 잘될 징조다!"라고 말해보세요. 힘든 일, 피하고 싶은 일을 앞두고 심장이 너무 뛰고 도망가고 싶다면 '얼마나 잘되려고 이러지? 지나고 보면 다 별거 아니다. 괜찮아. 오히려 좋은 일이야!'라고 긍정적으로 생각해보세요.

고달픔은 두려운 마음에서 옵니다. 망칠까 봐 두렵고, 내가 원하는 대로 될까 싶어 두렵습니다. 그러나 누가 뭐라

하든 관계없이 내 운명을 만들어가는 것은 '나'입니다. "왠지 모르지만 잘되고 있어! 괜찮아. 시간 많아."라고 말하는 순간 감정이 바뀌고 인생이 달라집니다.

10년 전 그토록 숨고 싶었던 사건이 혹시 생각나실까요? 그땐 정말 큰 문제처럼 생각되었지만 지금은 아무것도 아닌 일처럼 느껴집니다. 문제보다 내가 더 커졌기 때문입니다. 마찬가지입니다. 당신은 계속 성장하는 중이기에 지금 크게 느껴지는 문제도 미래의 어느 시점에선 아무것도 아닐 수 있습니다.

당신 안에는 꾸준히 성장하고 있는 거인이 있습니다. 기억하세요. 당신의 삶은 날마다 점점 더 좋아지고 있습니다. 돈도 충분하고, 시간도 여유로운 삶이 당신을 기다리고 있습니다.

스스로에게 보상하기

저는 집안 사정으로 제 의지와 관계없이 자주 이사를 해야 했습니다. 그러다 보니 어렵게 구한 아르바이트 자리도 수시로 바꿔야 했습니다. 일하는 장소가 계속해서 바뀌자 손에 익지 않아서 실수도 많았습니다. 급한 일손에 채용된 경우가 많아 여유롭게 일을 배우긴 어려웠습니다. 주문이 밀려 일손이 모자라고 바쁜 곳에선 실수하면 많이 혼났습니다. 그럴 때면 너무 속상하고 화가 났습니다.

집에 돌아와서 계속해서 실수한 장면만 떠올리며 쉽게 잠들지 못했습니다. 저 때문에 누군가에게 피해가 가는 것도 너무 싫고, 저 친구는 일머리가 없다고 말하는 상사들의 눈빛이 무서웠습니다.

무엇보다 실력이 없다는 걸 온 세상이 다 아는 것 같아 속상했습니다. 그러다 보면 마음이 위축되고, 속상한 마음이 들었습니다. 이런 마음을 들키지 않으려고 더 환하게 웃고, 밝게 다녔습니다. 그리고 혼자 있을 때면 스스로에게 화를 내고 벌을 주는 방식으로 화를 키워갔습니다.

이런 마음으로 출근하며 '오늘은 절대 실수하면 안 된다.'라고 다짐을 해봐도 긴장해서 그런지 더 실수를 많이 하게 되었습니다. 잘하려고 하니까 더 역효과가 나는 것 같았습니다. 죄책감이 커지고, 밥맛은 뚝 떨어지고, 집중도 잘할 수 없었습니다. 우울증 초기증세가 나타난 것 같았습니다.

퇴근하는 길에 자꾸 눈물이 났습니다. 마음이 너무 속상하면 집에도 바로 가지 못하고 여기저기 빙빙 돌았습니다. 그러다 보니 밤이 되었습니다. 주머니는 얄팍하고 배는 고팠습니다. 급하게 슈퍼에서 초콜릿을 하나 사서 입에 물었습니다. 우습게도 초콜릿을 먹으니 조금 마음이 편해졌습니다. 그제야 집으로 돌아갈 용기가 생겼습니다. 제가 살던 집은 언덕 꼭대기에 있어 많은 계단을 올라가야 했는데요. 계단 끝에 동그란 달이 걸려있는 것이 보였습니다. 달과 눈이 마주치자 이런 소리가 울리는 것 같았습니다.

"괜찮아. 다 괜찮아. 너는 충분히 잘하고 있어."

저는 밝게 빛나는 둥근달이 걸린 계단 난간을 붙잡고 한참 울었습니다. 오래 참았던 눈물이라 그런지 쉽게 그치지 않았습니다. 사실 살다 보면 별의별 일을 다 겪게 됩니다. 그 과정에서 무수히 넘어지고, 속상해하고, 우는 것이 당연한 일이겠지요.

저 또한 그랬습니다. 제가 했던 모든 노력이 늘 멋진 결과만 만들진 않았습니다. 아무리 열심히 하려고 해도 잘되지 않아 울었던 시간도 많습니다. 그러나 제게 주어진 모든 하루를 받아들이고, 온 힘을 다해 살아낸 것, 그것이 소중한 나만의 인생을 만드는 순간들이었습니다. 그래서 이 말을 전하고 싶습니다.

"괜찮습니다. 다 괜찮습니다. 당신은 충분히 잘하고 있습니다."

자기 전
휴대폰 멀리 두기

많은 사람들이 늦게까지 휴대폰을 들여다보다 자는 시간을 놓쳐 만성피로에 시달리고 있습니다. 이럴 때 어떻게 해야 할까요? 휴대폰을 손과 가장 먼 곳에 두고 충전하면 좋습니다. 뇌를 자극하는 블루라이트를 멀리할 수 있습니다. 자기 전 휴대폰을 오래 보면 세포구조를 변화시켜 노화과정을 가속화 시킵니다. 블루라이트는 콜라겐 양을 감소시키고 멜라닌 색소를 증가시켜 탄력을 잃고 잔주름이나 주근깨, 잡티 등의 색소침착이나 조기 노화의 원인이 됩니다.

더 놀라운 사실은 자주 휴대폰을 볼수록 도파민이 분비되어 더 자주 휴대폰을 보고 싶게 된다는 점입니다. 뇌는 새로운 정보, 특히 자극적이고 위험이나 흥분되는 내용을 추구합니다. 살인 사건이나 각종 범죄 소식의 조회수가 높은 것이 그 증거입니다. 이 결과 휴대폰이 없으면 불안함을 느끼는 정도의 중독에 빠지게 되는 것입니다.

만약 강제로 휴대폰을 사용할 수 없게 된다면 사람들은 10분 안에 스트레스 호르몬인 코르티솔의 수치가 상승한다고 합니다. 흥미로운 사실은 휴대폰을 옆에 두는 것만으로도 시간이 지날수록 집중이 흐트러진다는 것입니다. 휴대폰을 전혀 사용하지 않더라도 침실에 휴대폰이 있다는 것만으로도 수면에 방해를 받게 됩니다. 침실에 휴대폰을 두고 자는 아이들은 그렇지 않은 아이들보다 매일 한 시간씩이나 덜 자고 있습니다.

저의 경우 밤에 누워서 스마트폰을 보기 시작하면서 잠자는 시간이 점점 늦어지고 빨리 눈이 피로해지는 것을 발견했습니다. 어두운 환경에서 사용하는 스마트폰은 안구 건강에 치명적이기 때문입니다. 그래서 휴대폰 충전기를 침실에서 가장 먼 곳에 두기로 결정했습니다. 집에 오면 바로 스마트폰에 전원을 끄고 충전기에 연결해 둡니다. 이렇게 되면 스마트폰을 사용하고 싶어질 때마다 번거로움이 있어서 사용을 최소화할 수 있습니다. 또한 앱 관리 시스템을 이용해서 오후 9시 이후에는 SNS 접근이 어렵도록 하는 것도 도움이 됩니다.

호메로스는 잠은 눈꺼풀을 덮어 선한 것, 악한 것, 모든 것을 잊게 하는 것이라고 설명했습니다. 달라이 라마는 잠을 최고의 명상이라고 했습니다. 그러니 아무 걱정 말고 푹 주무세요. 푹 자고 나면 전날 걱정했던 많은 부분들이 편안해지는 마법을 경험할 수 있습니다.

반려동물과 시간 보내기

저는 화장실도, 욕실도 없는 옥탑방에서 초등학교 4학년 때까지 살았습니다. 지금 와서 생각해 보면 여름에는 덥고, 겨울에는 춥고, 먹을 것도 없고, 씻을 물도 없는 열악한 공간이었습니다. 그러나 제 기억 속 옥탑방은 행복한 추억의 장소이기도 했습니다.

어떻게 그럴 수 있었냐고요? 옥탑방의 넓은 마당에서 많은 반려동물을 키웠기 때문입니다. 제 기억 속 옥탑방엔 아기 고양이 두 마리도 있었고, 잠시였지만 앵무새나 병아리, 올챙이, 달팽이도 있었습니다. 작은 옥탑방에 장난감은 거의 없었지만 넓은 옥상에서 다양한 동물들을 쳐다보고 쓰다듬었던 기억들은 참 좋았습니다.

반려동물과 함께 하는 시간은 뇌 건강에 좋고, 각종 장애를 예방해 준다는 연구 결과가 미국과 일본에서 잇따라 나왔습니다. 미국 미시간대 메디컬센터의 한 연구 결과에 따르면 반려동물을 키우면 인지 기능이 낮아지는 속도를 꽤 많이 늦춘다고 합니다. 티파니 브레일리 박사는 "종전 연구 결과를 보면 사람과 반려동물의 유대는 혈압을 낮추고 스트레스를 누그러뜨린다."라고 말했습니다.

일본 국립환경연구소의 연구 결과에 따르면 반려동물인 개를 키우며 규칙적으로 운동을 하는 사람은 그렇지 않은 사람보다 나이가 들면서 각종 장애를 일으킬 위험이 약 50퍼센트 줄어드는 것으로 나타났습니다. 하버드대학의 엘렌 랭거 교수는 반려동물이 아닌 식물을 돌보는 것만으로도 정신적, 육체적 건강은 물론 기대 수명이 향상된다고 밝혔습니다.

사랑하는 동물과 함께 지내는 것만으로도 긴장이 많이 풀리고 스트레스가 해소될 수 있습니다. 한 실험에 따르면 강아지나 고양이와 교류할 때 자연스럽게 옥시토신이 분비된다고 합니다. 또한 동물을 기르고 돌보면서 책임감이 생기고 자신감과 적극성이 형성된다고 합니다.

반려동물과 좋은 관계를 유지하는 사람들은 무조건적으로 자신들을 사랑해 주는 반려동물을 통해 긍정적 자아 이미지를 가지게 됩니다. 이것은 자존감이 올바르게 형성될 수 있도록 도와줍니다. 속상한 일이 생기고 나 자신이 밉다는 생각이 들 때 집에 돌아와 눈을 깜박이며 꼬리를 흔드는 반려동물을 보면 고마운 생각이 듭니다. 반려동물이 맛있는 음식을 먹고 행복해하는 모습을 보면 덩달아 마음이 편안해집니다.

인생이 재미없고 우울해질 때 복슬복슬한 반려동물의 털을 만지는 것만으로도 삶의 무게가 훨씬 가벼워지는 것 같습니다. 온 세상 반려동물들은 전부 천사가 아닐까 하는 생각도 듭니다. 이런 반려동물에게 나 또한 천사로 기억될 수 있기를 바랍니다. 그들과 끝까지 많은 추억을 만들려고 합니다. 저는 이 세상 모든 동물들과 사람이 함께 오래 행복했으면 좋겠습니다.

□ 좋아하는 소리 듣기

□ 공원 산책하기

□ 방에서 내려놓기

□ 걸을 때 구령 붙이며 걷기

□ 상대방을 주인공으로 만드는 대화법 연습하기

□ 집착 내려놓기

□ 혼잣말하기

□ 스스로에게 보상하기

□ 자기 전 휴대폰 멀리 두기

□ 반려동물과 시간 보내기

Part 10

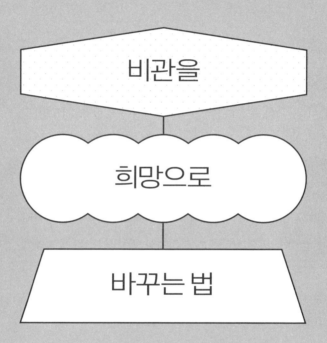

비관을

희망으로

바꾸는 법

도리도리 운동하기

사람들은 목을 그렇게까지 중요하게 생각하는 것 같지 않습니다. 목이 불편하면 음식을 삼키거나 말할 때 정도만 문제가 있을 거라고 생각들을 합니다. 그런데 목은 정말 중요한 비밀을 가지고 있습니다.

신경과 전문의 이은아는 뇌 손상을 막기 위해서 가장 중요한 부위가 목이라고 합니다. 우리가 심장에서 뿜어내는 혈액이 뇌로 올라가는 과정에서 반드시 목을 통과해야 하기 때문입니다. 심장이 나무뿌리 역할을 한다면 목이 줄기, 뇌혈관이 열매가 되는 것입니다. 그래서 줄기가 망가진다면 열매인 뇌혈관도 망가지게 됩니다.

막힌 건강을 찾고 싶다면 기본적으로 목을 돌리는 운동을 해주시면 좋습니다. 양손을 엑스자로 만들어 가슴 위에 얹고 하늘 방향으로 목을 크게 돌려주세요. 혹은 고개만

좌우로 돌리는 도리도리 운동을 하는 것도 좋습니다. 도리도리 운동은 목 근육을 자극해 목빗근의 긴장을 완화시켜주고 경동맥 탄력을 높여주는 효과가 있습니다. 이는 뇌로 가는 혈액 순환에 큰 도움을 주는 동작입니다.

실제 도리도리를 해보면 복잡한 생각이 사라지고 편안한 마음이 듭니다. 저는 도리도리 운동을 할 때 눈을 감고 심호흡을 세 번 합니다. 숨을 천천히 들이마시고 내쉬면서 제 어깨 위에 짊어진 많은 짐들을 내려놓는다고 상상합니다. 긴장과 두려움이 그렇게 몸 밖으로 빠져나간다고 상상합니다. 그리고 제 목 근육이 점점 부드러워져서 긴장이 풀리고 혈액이 자유롭게 흘러가는 것을 느낍니다. 도리도리 운동을 하면서 속으로 이렇게 말합니다.

'나는 모든 어두운 감정들을 내보낼 거야. 나는 나를 믿어. 나는 지금 치유의 시간을 가지고 있어.'

하루 중 목이 조금 뻐근한 느낌이 들 때마다 천천히 왼쪽과 오른쪽으로 도리도리를 합니다. 그렇게 하면 왠지 기분이 가벼워지는 느낌입니다. 이제 필요한 것은 실천뿐입니다. 무엇이든 당신이 뿌린 대로 되돌아옵니다. 언제나 그렇습니다.

당신의 삶에서 축복을 막는 생각이나 행동이 있다면 무엇인지 살펴보세요. 그리고 가벼운 도리도리 운동을 통해 그 생각들을 내려놓고 새로운 믿음을 가져오세요. 당신에게 필요한 건 긴장을 풀고 모든 행운을 기꺼이 받아들이는 것입니다. 삶에서 당신이 할 수 있는 최선의 일은 당신에게 더 잘해주는 것입니다. 삶은 당신이 원하는 모든 것을 줄 준비가 되어 있습니다.

계단 걷기

신체 근육의 30퍼센트는 허벅지 근육에 있다고 합니다. 그런데 많은 경우 나이가 들수록 팔다리가 가늘어지고 배는 나오게 됩니다. 만약 허벅지 근육을 일상생활에서 단련시키려면 어떻게 해야 할까요?

동네 어느 곳에서나 쉽게 찾을 수 있는 계단 오르기를 하면 됩니다. 계단 오르기는 별도로 계획하지 않아도 너무도 쉽게 할 수 있는 좋은 운동입니다. 계단을 오를 때 허벅지 근육은 반복적으로 사용되며 심장이 한 번 뛸 때 짜내는 혈액의 양을 증가시킵니다. 계단을 반복적으로 오를 때 심호흡이 유도되며 폐 기능도 좋아집니다.

KBS 〈생로병사의 비밀〉 제작팀은 책《걷기만 해도 병이 낫는다》를 통해 계단 오르기의 장점을 설명합니다. 계단을 오를 땐 자신도 모르게 허리를 바로 세우게 돼 척추 후방의 장늑근, 최장근, 다열근 등 척추기립근과 엉덩이 근육이 강화됩니다. 또한 척추 양측과 대퇴골을 잇는 근육인 대요근이 강화되어 몸을 바르게 세우는 데 도움을 줍니다. 허벅지 근육인 대퇴사두근과 뒤쪽의 햄스트링까지 자극하여 무릎 관절이 받는 부하를 줄여주기도 합니다. 이렇게 다양한 근육이 자극을 받으면서 심장, 폐, 뇌에 혈류 공급이 원활하게 됩니다.

계단 오르기는 등산과 효과가 비슷합니다. 계단과 산은 환경만 다를 뿐 사용하는 범위는 같다고 봅니다. 그러나 등산은 한번 하려면 마음을 먹어야 하고 매일 하기는 어렵습니다. 그러나 계단은 우리 주변 어디에나 있기 때문에 마음만 먹는다면 매일 쉽게 할 수 있습니다. 올라갈 때는 계단을 이용하고 내려올 때는 엘리베이터를 사용하면 무릎 관절에 무리를 주지 않으며 운동효과를 최대한 누릴 수 있습니다.

언제, 어디서나, 누구나 원하는 만큼 허벅지 근육을 단련시킬 수 있는 좋은 운동입니다. 보통 아파트 계단 30층을 오르는데 7분 정도의 시간이 소요된다고 합니다. 그리 긴 시간이 아니므로 처음에는 계단 3층 정도를 걸어 올라가는 것을 목표로 해서 조금씩 늘리다 보면 점차 더 많은 계단을 오를 수 있게 됩니다.

저는 따로 운동할 시간이 없어 사무실까지 늘 계단을 이용하곤 했는데요. 처음엔 숨이 가빠 힘들었지만 나중에는 쉽게 15층까지 올라갈 수 있게 되었습니다. 그리고 살펴보니 바지를 입었을 때 엉덩이와 허벅지에 탄력이 붙은 것을 느낄 수 있었습니다. 별것 아닌 하루 5분의 투자로 원하는 핏을 유지하게 된 것입니다.

그러나 조금 귀찮아 엘리베이터를 사용하고 하루 종일 앉아 있다 보면 군살이 많이 붙고 근육은 빠지는 것을 느낍니다. 그래서 한 층이라도 걸어 올라가는 습관을 들이려고 합니다. 그러다 보면 쉽게 20층, 30층도 오를 수 있는 체력을 가지게 되지요.

운동할 시간이 없다는 마음을 버리고 집 주변에 계단을 한번 올라가 보세요. 당신의 삶에는 아직 펼치지 않은 꿈들과 나누고 싶은 선물들이 있습니다. 저는 당신이 더 건강한 몸으로 사람들에게 좋은 영향을 주며 살기를 바랍니다.

가 보지 않은 화장실 이용해 보기

집이 망하고 나서 제일 힘들었던 건 가족들과 뿔뿔이 흩어져 산 것입니다. 당시는 휴대폰도 없을 때라 서로의 안부가 6개월에 한 번 이메일이 전부인 때도 있었습니다. 그땐 너무 갑갑하고 가족들이 걱정되어 불안한 마음이었습니다. 만약 내가 더 힘이 있고 강한 존재라면 얼마나 좋을까? 스스로를 원망한 적도 많았습니다.

아르바이트가 끝나고 다른 아르바이트 장소로 이동할 때 참고 있던 눈물이 쏟아질 때도 있었습니다. 한참을 억누르던 감정이 터지면 눈물과 콧물이 정신없이 쏟아졌습니다. 그러면 바로 수도를 찾아야 했습니다. 눈물과 콧물 범벅이 된 얼굴을 씻어야 했기 때문입니다. 그러나 얼굴을 씻을 수 있는 깨끗한 물이 나오는 안전한 화장실을 찾는 건 어려웠습니다.

그러다 우연히 성당에 가게 되었습니다. 성당은 어느 동네에나 다 있었고 안전했으며 무료였습니다. 잠시 여유가 있을 땐 성당 의자에 앉아 멍하니 십자가를 바라보기도 했습니다. 그러다 보면 "내가 너를 사랑한다."라는 말이 들리는 것 같았습니다.

평일 성당에는 각자의 사연을 가진 많은 사람들이 앉아 있습니다. 목발을 짚고 오거나 휠체어를 탄 사람, 어린 아기를 안고 온 사람, 주름이 많은 할머니, 할아버지, 아파 보이는 사람 등 그런 풍경을 보고 있으면 기분이 묘했습니다. 마치 세상에서 소외된 모든 사람들이 이곳에 있는 것은 아닌가 하는 생각도 했습니다.

저는 처음엔 정신없이 제 기도만 했습니다. 그러다 각자의 사연을 가지고 두 손을 모으고 진지하게 기도하는 사람들의 모습을 보며 마음을 바꿨습니다. 신이 제 기도보다 먼저 그들의 기도를 들어주기를 청했습니다.

현실은 같았지만 잠시라도 기도하는 습관이 생기며 서서히 마음에 여유가 생겼습니다. 인간이 보여줄 수 있는 가장 아름다운 모습은 기도하는 모습이 아닐까 생각합니다. 해가 일출과 일몰에 아름다운 것처럼 인간도 기도할 때 주변으로 아름다운 색을 퍼뜨리는 것 같습니다.

사람 일은 참 모르는 것 같습니다. 그 뒤로 유학자금을 마련하러 잠시 방문한 한국에서 남편을 만났고, 방랑자 생활을 마치고 새로운 삶을 살게 되었습니다. 네 아이들을 모두 데리고 성당에 가면서 저는 감사하다는 생각을 자주 합니다. 울 곳이 없어 홀로 찾았던 성당을 이제는 여섯 가족이 북적거리며 가는 것은 기적이 아닐 수 없습니다. 그렇기에 드릴 것은 감사뿐입니다.

우리는 늘 거룩함으로의 초대를 받고 있습니다. 해가 뜨고 지고, 파도가 치고, 무지개가 뜨고, 꽃이 피고 지고, 별과 달이 반짝이는 모습을 통해, 갓 태어난 아이와 아이를 돌보는 부모를 통해, 또 신성한 장소를 통해서 신은 늘 우리를 그의 공간으로 초대합니다. 신은 늘 지금 처한 현실이 모든 것이 아니라는 것을 알려주는 것 같습니다. 당신의 하루가 오늘 힘겨웠다면 아직 포기하지 마세요. 당신의 삶에 많은 기적이 배달 중이기 때문입니다.

나로 살겠다고
말하기

오늘도 저는 많은 요청을 받았습니다. 그들의 요구사항은 한마디로 다음과 같습니다.

"당신은 내가 시키는 대로 하세요!"

왜 그렇게 해야 하냐고 물어보면 이렇게 답합니다.

"당신은 내 기대를 만족시켜야 하니까요!"

그들은 자신의 생각이 유일하며 세상에서 제일 위대한 생각인 것처럼 힘주어 말합니다. 그들은 여러 가지 표현을 쓰지만 압축하면 이렇습니다.

"내가 생각하는 당신은 이러이러한 사람이니 그 기준에 맞게 사시기 바랍니다."

만약 이들의 이야기를 중요하게 생각한다면 삶은 소리 없는 전쟁터가 될 것입니다. 당신을 조정하려고 하는 이들에게 분노, 원한, 괴로움, 우울함을 느낄 가능성이 커지게 됩니다. 이것이 누구에게 도움이 되는 행동일까요? 이 세상 누구에게도 도움이 되지 않습니다. 그러니 삶에 도움이 되지 않는 말들은 듣지 마세요. 당신은 행복한 삶을 누릴 자격이 있습니다.

세상은 넓고 좋은 사람들이 많습니다. 그리고 정말 다양한 생각을 가진 사람들도 있다는 걸 배우는 중입니다. 때로는 그들의 생각이 나와 전혀 맞지 않고 황당하고 벌을 주고 싶을 때도 있습니다. 그리고 이런 다양성까지도 있는 그대로 받아들이고 품어주는 신이 참 대단하다는 생각도 하게 됩니다.

그들이 바라보는 나, 그들이 생각하는 나, 그들이 원하는 나, 그리고 진짜 나는 모두 다 다를 수밖에 없습니다. 책을 쓰고 강의를 다니고 유튜브와 인스타를 통해 콘텐츠들을 만들어내며 이런 이야기를 많이 들었습니다.

"이 말투나 표현은 내가 아는 작가님이 아닙니다. 그러니 내가 원하는 작가님답게 바꿔야 합니다. 당신은 내 기대를 만족시켜야 합니다. 연락처를 주고, 제가 필요할 때마다 정신적으로, 경제적으로 도움을 줘야 합니다. 그래야 내 마음에 드는 작가님이 될 수 있습니다."

저는 이런 연락을 받으면 먼저 속으로 말합니다.

'거절합니다. 저는 당신 마음에 들 필요가 없습니다. 저

는 제 맘에 들게 살면 됩니다.'

저는 이제 더 이상 흔들리지 않고 제가 원하는 대로 살아가려고 합니다. 다른 누군가 바라는 내가 아닌 그냥 나 자신이 되기로 결정했습니다.

남을 바꾸려는 노력은 모래성을 짓는 것과 같습니다. 당신도 남을 바꿀 생각을 멈추고 자신의 삶을 돌보며 살아가세요. 당신은 당신이 되고 저는 제가 되는 것이 훨씬 자연스러운 일입니다. 이제 저는 더 이상 누군가의 기대를 부응하며 살 수 없다는 사실을 알았습니다. 그런 삶은 아무리 노력해도 밑 빠진 독에 물 붓기처럼 허무했습니다. 한 번뿐인 인생, 내가 될 수 있는 최고의 내가 될 생각만 하며 살고 싶습니다. 이런 삶의 경로가 누군가의 마음에 들지 않을 수도 있습니다. 그래도 어쩔 수 없는 일이지요. 그들의 맘에 드는 것보다 제 마음에 드는 것이 훨씬 중요한 일입니다. 왜냐하면 나와 함께 제일 오래 사는 건 그들이 아닌 '나'이기 때문입니다.

당신에게 자신의 생각을 강요하는 사람이 있다면
이렇게 말해주세요.

나는 나로 살겠습니다.

당신 맘에 안 들어도 상관없습니다.

내가 내 맘에 드는 것이 중요합니다.

목표 세부 점검하기

세상에는 죽을힘을 다해 사는 사람들이 많습니다. 이런 사람들은 쉼 없이 나무를 베는 것과 같습니다. 만약 나무가 여러분이 경험할 풍요라고 해봅시다. 하루 종일 애를 써서 노력해 봐야 벨 수 있는 나무의 개수는 정해져있습니다.

이런 사람은 나무를 베다 지쳐 잠시 휴식을 취하면 죄책감을 느끼기도 합니다. 만약 이 사람이 자지도 쉬지도 먹지도 않고 끊임없이 노력한다면 더 많은 나무를 벨 수 있는 걸까요? 물론 아니라고 생각됩니다. 그렇다면 어떻게 해야 더 많은 나무를 벨 수 있는 걸까요?

우리는 돈이 필요하다고 말하며 많은 시간을 돈을 버는 활동에 투자합니다. 하지만 우리는 돈 자체를 원하는 것이 아닙니다. 우리는 돈이 많을 때 누릴 수 있는 자유를 원하고 있습니다. 지금 하는 일을 잠시 멈추고 자신의 목표가 무엇인지 살펴보세요.

바꿔 말하면 당신이 어떤 일을 할 때 행복하고 편안한지 또 주위 사람들에게 좋은 영향을 주는지 점검해 보라는 뜻입니다. 당신이 녹초가 될 때까지 나무를 벤다고 해도 그 나무가 원하던 것이 아니라면 얼마나 허망할까요? 그렇기에 지금 무조건적으로 에너지를 쏟으면서 아무 나무나 닥치는 대로 베는 행동을 그만하는 것이 좋습니다.

몸이 너무 피곤해지면 생각할 여유가 없어집니다. 자신의 마음을 들여다볼 시간 없이 너무 바쁘게 지내면 행복해지기가 어렵습니다. 만약 당신이 원하지 않는 나무를 베는 행동을 멈춘다면 그때부터 예상치 못한 곳에서 많은 기회가 펼쳐질 것입니다.

눈을 가리고 나무를 베는 것을 멈추어보세요. 힘이 들면 하기 싫어지고 하기 싫으면 결과가 좋을 수가 없습니다. 자신이 진짜 바라던 삶과 완전히 다른 삶을 사는 것 같아 후회되시나요? 당신이 진정으로 원하는 삶은 어떤 삶일까요? 당신의 눈을 가리던 헝겊을 풀고 당신의 목표들을 잘 살펴보세요. 그리고 당신이 정말 원하는 삶을 향해 용기 있게 걸어가길 바랍니다.

Better things are coming

하고 싶은 것을 할 수 없는 이유는 돈이나 시간, 사람 때문이 아닙니다.
'해봐야 소용없잖아.'라고 속으로 포기하는 생각이 진짜 이유입니다.
그러니 먼저 나의 목표를 점검해 보겠다고 결정하세요. 지금 당신의
목표와 목표를 이루고 싶은 이유를 적어보세요. '언젠가 돈을 많이 벌면
그 일을 하겠어.'라고 바라지 말고 '오늘 내 하루 일과에서 내가 원하는
일들을 해나가겠어.'라고 결단을 내려보세요. 결정을 내리는 순간
운명이 바뀌고 길이 열리게 됩니다.

오늘의 기적 찾기

어느 날이었습니다. 사는 게 재미없게 느껴지는 시간이 찾아왔습니다. "오늘 내가 헛되이 보낸 하루는 어제 죽은 이가 그토록 살고 싶어 했던 내일이다."라는 말을 아무리 되뇌어도 소용이 없었습니다. 네 아이들을 돌보는 것이 지치고 남편하고 관계도 소원했습니다. 너무 피곤하고, 쉬고 싶다는 생각만 들었습니다.

그 무렵 남편과 저는 죽음 체험을 신청했습니다. 혹시 죽는다면 어떤 느낌일까 궁금했던 것 같습니다. 죽음 체험장에 가 보니 도착하자마자 바로 사진을 찍더군요. 다름 아닌 제 영정사진이었습니다. 그 후엔 유서를 쓰고 관으로 들어가게 되었습니다. 실제 관과 똑같은 사이즈에 두터운 나무관이었는데요. 곧 제 관 뚜껑에 쾅쾅 하고 못을 박는 소리가 들렸습니다.

'이제는 정말 세상과 이별하는구나.'

시커먼 관 속에 들어가서 누워있으니 눈물이 계속 흘렀습니다. 정신없이 울며 죽음 체험을 끝내고 남편의 얼굴을 바라보았습니다. 평소엔 감정표현이 거의 없던 남편은 눈물범벅이 되었습니다.

왜 그리 우냐고 물어보았더니 첫 애한테 유서를 쓰는 도중 시간이 다 되었다고 그만 쓰라고 했다는 것입니다. 그래서 남은 아기 3명에게는 아무런 말도 남기지 못하고 관에 들어갔다고 했습니다. 그때부터 편지 한 장 써주지 못하고 간다는 생각에 그렇게 눈물이 났다고 합니다.

남편과 저는 퉁퉁 부은 눈을 한 채 주차장으로 향했습니다. 현실은 변한 것이 하나 없는데 이상하게 공기를 들이마실 때 느낌이 조금 달랐습니다. 코가 뻥 뚫린 느낌이라고 해야 할까요? 공기가 더 깊게 폐 안으로 들어오는 느낌이었습니다.

집으로 가는 길은 퇴근길이어서 많이 막히고 복잡했습니다. 그런데 평소라면 짜증 냈을 그 길에서 이상하게 두근거리는 마음이 들었습니다. 아이들이 너무 보고 싶고, 다시 새로 살게 된 느낌이었습니다. 그리고 집으로 돌아왔습니다.

아이들을 보니 딱 5분간 너무 기쁘고 행복했습니다. 잠시 후 네 아이들이 서로 싸우고 시끄럽게 하며 떼를 쓰니 피곤함이 몰려왔습니다. 점심도 못 먹은 채 죽음 체험을 하고, 막히는 교통 아래 시달리다 와서 그런지 더 피곤하게 느껴졌어요. 남편은 부엌에서 정신없이 국을 담고 있었습니다. 저는 식탁에 앉아 징징거리는 아이들을 달래고 있었는데요. 그 순간 남편하고 딱 눈이 마주쳤습니다. 그때 제가 이런 말을 했습니다.

"우리가 이러려고 살아 돌아왔어?"

힘들게 죽었다 살아 돌아왔는데 막상 마주한 현실은 너무도 현실적이어서 그런 질문을 하게 되었습니다. 그랬더니 남편이 환하게 웃으면서 말했습니다.

"응, 우리가 이러려고 살아 돌아왔지!"

그때 '아!' 하는 깨달음이 있었습니다. '아, 우리가 이렇게 지지고 볶는 하루를 정말 간절히 원해서 살아있구나.' 하는 깨달음이었습니다. 우리는 어떻게 보면 평범하고, 불만이 가득할 수 있는 하루를 맛보려고 살아 돌아온 것입니다. 저는 이날 평범한 삶 속에 감추어진 기적의 조각을 발견한 기분이 들었습니다.

내 삶 곳곳에 반짝이는 것들이 숨겨져 있습니다. 이런 보물들을
하나씩 발견해나가는 것이 기적을 만들어내는 삶이 아닐까 생각합니다.
오늘 발견한 여러분의 기적은 무엇일까요?

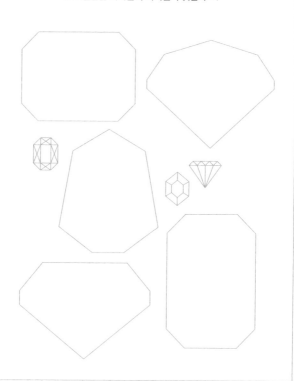

칭찬수첩 만들기

살면서 원하는 대로 펼쳐지지 않을 때, '내가 어딘가 부족한 건 아닌가?' 하는 생각에 빠지게 됩니다. 그리고 다시 도전하는 것을 두려워하게 되지요. 저 또한 무수히 도전하고 실패했습니다. 그러다 보니 실패하는 사람들은 왜 실패했고, 성공한 사람들은 어떻게 해서 성공한 건지 궁금했습니다.

그런데 살펴보니 정말 중요한 차이점이 하나 있었습니다. 그것은 바로 기존과는 다른 방식으로 시도해 보는 것이었습니다. 계란 하나를 삶을 때에도 매번 똑같은 순간에 꺼낸다면 같은 계란만 나오게 됩니다. 그러나 소금의 양, 온도, 시간 등을 조절한다면 다양한 결과가 나오게 되는 것이지요.

만약 당신이 지나치게 높은 성공의 기준을 가지고 매번 똑같은 방식으로만 도전하고 있다면 당신은 항상 실패할 수밖에 없습니다. 처음 시작하는 방식은 누군가의 눈에는 어설프고 바보 같아 보일지 모릅니다. 그러나 어차피 배움은 내가 원하는 그림을 완성할 때까지 계속해서 실수를 쌓아가는 과정에서 얻게 됩니다.

저는 아이를 키우며 아이가 칭찬을 받을 때 얼마나 행복해하는지 알게 되었습니다. 아주 작은 행동 하나만 칭찬해 줘도 아이는 너무나 기뻐 더 잘하려고 애를 쓰곤 합니다. 당신은 당신 스스로를 멍청하다고 비난하나요? 혹은 칭찬하며 격려해 주나요? 어떤 분야에서든 성공을 만들어낸 사람에게는 무수하게 많은 연습의 시간이 있습니다. 그러나 자신을 너무 심하게 대하는 사람은 연습의 양을 채우지 못하고 그만둬버립니다.

당신이 이제껏 얼마나 스스로를 미워하고 비판했는지는 중요하지 않습니다. 이제부터 당신의 삶에 새로운 성공의 길이 생기도록 북돋아 주세요. 저는 당신이 작은 칭찬 수첩을 하나 가졌으면 합니다. 칭찬할 것이 하나도 없을 것 같은 날에도 수첩을 열어서 이렇게 적는 것입니다.

"나는 나를 칭찬한다. 왜냐하면~"

이 안에는 어떠한 비판의 말도 허용되지 않습니다. 이렇게 당신의 삶을 더욱더 풍요롭게 만들어줄 긍정의 씨앗을 심어야 합니다. 그 씨앗들은 때가 되면 당신의 삶에 아름다운 꽃과 열매를 선물할 것입니다.

칭찬은 당신의 삶을 돕는 친구입니다. 이제껏 애써온 당신에게 고마운 마음으로 칭찬의 말을 건네주세요. 당신이 칭찬을 받아들일 때 좋은 기운이 당신의 삶을 가득 채울 것입니다. 변화를 환영하세요. 당신은 새로운 삶을 즐길 자격이 있습니다. 칭찬을 하는 것이 어색한 마음이 들 땐 아래의 확언 중 마음에 드는 확언을 반복해 말해보세요.

나는 충분하다.

나는 잘하고 있다.

나는 내 삶을 신뢰한다.

지금은 새로운 변화의 순간이다.

나는 기쁘게 과거를 떠나보낸다.

나는 긍정의 씨앗을 뿌리고 있다.

Better things are coming

좋은 기회가 다가오고 있다.

나는 있는 그대로의 나를 사랑한다.

나는 내가 원하는 삶을 창조하고 있다.

나는 사랑으로 나 자신에게 기회를 준다.

나는 나의 삶을 평화롭고 즐거운 마음으로 받아들인다.

나는 내가 원하는 것보다 더 많은 것을 누릴 자격이 있다.

물건 제자리에 두기

네 아이들이 방학을 해서 집에 있는 건 어떤 느낌인지 궁금하세요? 음, 아이들은 오늘 15번 정도 싸웠고 각각 4번 정도씩 16번 울었습니다. 저는 아직 울지 않았지만 저녁이 되면 울 것 같습니다. 배도 고프고 피곤하고 지치고 힘들기도 합니다. 이렇게 살다 보니 정리는 늘 뒷전이 될 수밖에 없었는데요, 어느 날부터 아주 조금 변했습니다. 아마 조던 피터슨 교수의 인터뷰를 본 뒤였던 것 같습니다.

조던 피터슨 교수는 "방은 자신의 마음을 나타낸다. 그 방에 있는 만큼 당신의 방이 당신이다. 물론 동의하지 않는 사람들도 있겠지만 괜찮다. 어떻게 생각하든 상관없다. 방이 당신인 건 맞는 사실이기 때문이다. 그러니 똑바로 할 수 있는 일들은 똑바로 해내라. 자신을 약하게 하는 말은 하지 마라. 그다음 뭘 해야 할지 알게 될 것이다."라고 말했습니다.

밤에 물건들을 제자리에 두는 것은 그다지 어려운 일이 아니었습니다. 매일매일 꾸준히 하다 보니 이제는 규칙이 생겨 좀 더 빠르게 일할 수 있게 되었습니다. 아침에 일어나면 이불을 개고 일하고 돌아와 저녁에는 물건들을 제자리에 두는 것, 이런 사소한 행동들이 모여 저의 삶을 만들고 있습니다.

조던 피터슨의 충고는 방을 치우는 사소하고 긍정적인 행동들이 모여서 나를 바꾸고, 그런 행동들이 모여서 점차 세상을 바꾼다는 의미입니다. 옛말에 '수신제가치국평천하修身齊家治國平天下'라는 말이 있습니다. 이 말의 뜻은 자기 자신을 수련해야 집안을 다스릴 수 있고 그래야 나라를 다스릴 수 있으며 마침내 천하를 평정한다는 말입니다. 나라를 다스리거나 천하를 평정하는 것은 먼 이야기이지만 매일 나자신을 돕는 작은 습관을 가지고 있으면 삶이 더 단순해지는 것 같습니다.

오늘 당신이 한 행동 중에서 당신을 더 사랑하고 도울 수 있는 행동은 무엇이었을까요? 만약 바로 떠오르지 않는다면 지금 물건 하나를 골라 제자리에 놔두는 것부터 시작하면 어떨까요? 당신이 만든 이 작은 습관은 분명 당신에게 사랑으로 보답할 것입니다.

약점을 강점으로
바꾸는 확언

지난 삶을 돌이켜 보면 저는 참 다양한 경험을 한 것 같습니다. 출입국 기록서를 떼어보니 19년 동안 출국만 23번 했습니다. 그 가운데 30번이나 직업이 바뀌어야만 했습니다. 원하는 대로 살지 못했던 시간 속에서 저는 오랫동안 불면증, 우울증, 자살 충동에 시달리곤 했습니다.

살고 싶어 많은 시간 명상, 기도, 봉사, 영적 가르침, 마음 공부에 집중했습니다. 그러는 과정에서 점차 변화되며 결혼도 하고 네 아이를 낳고 키우며 살게 되었습니다. 제 성장과정을 글과 그림에 담았고 여러 사업도 서서히 키워가고 있습니다. 지금 와서 생각해 봐도 참으로 힘든 시간들이었습니다. 끝나지 않을 것 같았던 고통스러웠던 시간 안에선 '왜 이런 시간이 허락되었을까?' 물음표가 가득했습니다.

엄마가 되는 건 처음이었습니다. 결혼 후 신랑과 지내던 공간에 아기가 들어오면 아무리 마음의 준비를 했어도 여러 가지로 혼란스럽습니다. 아기의 존재는 귀하고 너무 좋은데 한편으로는 마음이 힘들어질 때도 있었습니다. '괜찮은 걸까?' '내 커리어는 어떻게 되는 거지?' '외벌이로 언제까지 버틸 수 있을까?' '내 삶은 앞으로 어떻게 될까?' 하는 불안감 같은 것 말입니다.

그러나 살길은 늘 있었습니다. 저는 "애 낳고 경력단절이 되었어."라는 말보다 "나는 아기엄마라 벌이가 좋아, 나는 아기를 키우며 다양한 경험을 했기에 벌이가 좋아."라고 말하는 걸 선택했습니다. 아이 키우면서 어두운 모습을 하기보다 잠시지만 확언을 하며 기분이라도 좋은 게 좋았습니다.

불면증, 우울증, 자살 충동에 시달렸기에 마음이 힘들 때 어떻게 해야 벗어날 수 있는지 알게 되었습니다. 양가 도움 없이 아이들을 키워야 했기에 외출이 불가능해서 유튜브와 네이버카페, 인스타에 집중하는 방법을 연구했습니다. 그 결과 26만 팔로워가 생겼습니다. 마음을 털어놓을 사람이 없어 글을 쓰고, 그림을 그렸습니다. 그 결과 오늘의 제가 되었습니다.

당신도 당신이 약점이라고 생각하는 점을 한번 적고, 그 이유로 수입이 배로 늘어난다고 확언을 해보면 어떨까요?

예를 들어 외모가 평범하고, 도와주는 이가 없고, 방법도 잘 모른다고 생각하신다면 그걸 통해 이런 확언을 해보시는 겁니다.

> 나는 외모가 평범해서 힘들어. → 나는 외모가 평범해서 벌이가 좋아.
> 나는 도와주는 이가 없어서 힘들어. → 나는 도와주는 이가 없기 때문에 벌이가 좋아.
> 나는 방법을 잘 몰라서 힘들어. → 나는 방법을 잘 몰랐기에 (나만의 방식을 만들어서) 벌이가 좋아.

이런 식으로 약점을 강점으로 바꾸는 확언을 해본다면 삶이 점차 달라질 것입니다.

자신이 생각하는 약점을 빈칸에 넣어
"나는 ○○라서 벌이가 좋아."라는 문장을 적어보세요.

무엇을 선택하든 행복한 삶 사는 법 배우기

《습관의 힘》의 저자 찰스 두히그는 하버드 비즈니스 스쿨을 졸업했습니다. 그는 졸업 15주년 동창회에 갔다가 이상한 점을 발견했습니다. 세계 최고의 학교를 졸업한 친구들이 그다지 행복하지 않음을 알게 된 것입니다. 많은 동창들은 행복하지 않을뿐더러 오히려 불행하다고 느껴지는 삶을 살고 있었습니다.

투자자들에게 고소를 당했거나 회사 권력 다툼에서 밀려났거나 파트너에게 회사를 빼앗기는 극단적인 사례도 있었습니다. 또 어떤 사람들은 승진에서 밀렸거나 자녀와의 갈등에 대해 이야기했습니다. 재미없고 의미 없는 회사 일에 질렸다고 말하는 사람도 있었고 이혼 소송 중이라고 말한 사람도 있었습니다. 세계 최고의 비즈니스 스쿨을 다닐 때, 졸업하면 돈도 많이 벌면서 순탄하게 살 것이라는 기대

와는 반대였습니다.

그렇다면 어떻게 해야 행복하게 살 수 있는 걸까요? 돈을 많이 벌거나 최고 학벌을 가진 사람들도 그렇게까지 행복하지 않는다면 우리는 어디에서 행복의 방법을 찾을 수 있을까요? 예일대학교 심리학자 에이미 제스니에프스키 팀의 연구를 소개할게요. 그들은 대형 병원에서 일하는 청소부를 대상으로 연구를 했습니다. 그런데 아주 흥미로운 결과가 나왔습니다.

A그룹의 청소부들은 돈을 벌기 위해 일을 하는 사람이었습니다. 그들은 자신의 일이 만족스럽지 않을뿐더러 특별한 기술을 필요로 하는 것도 아니라고 말했습니다. 어떤 일을 하냐고 물어봤더니 기계처럼 설명을 쭉 읊었습니다. 자신의 일에 대한 아무런 만족감을 찾을 수 없는 태도였습니다.

이번에는 B그룹의 청소부들과 실험을 진행했습니다. 그런데 놀라운 차이가 있었습니다. B그룹의 청소부들은 자신들의 일을 이야기할 때 눈이 빛이 났습니다. 그들은 자신들이 청소하는 행위가 환자들의 회복을 돕는 일이라고 생각했습니다.

A그룹과 B그룹의 청소일은 비슷했습니다. 그런데 왜 이두 그룹은 이렇게 큰 차이를 보이는 걸까요? B그룹의 청소

부들은 A그룹의 청소부들과 단 하나 큰 다른 점을 가지고 있었습니다. 그것은 바로 청소업무 외에도 자신이 만났던 환자들의 이야기를 하는 것이었습니다.

B그룹의 청소부들은 어느 병동의 환자는 무척 슬퍼 보인다고 말했습니다. 또 어떤 병동의 환자는 방문객이 줄었고, 어떤 환자는 대화를 좋아하는지 혹은 싫어하는지 잘 알고 있었습니다. 환자들이 건강해지기를 바라는 마음으로 더욱 열심히 일했습니다. 그들은 자신이 하는 청소가 다른 사람을 행복하게 해줄 수 있다고 믿었습니다.

다른 청소부는 어린 자녀가 다친 부모들을 위해 같은 방을 신경 써서 두 번이나 청소하기도 했습니다. B그룹의 청소부 중 한 명은 자신이 병원에서 일하면서 나이가 많은 방문객들이 길을 잃었을 때 조심스럽게 주차장까지 데려다준 기억을 떠올렸습니다. 그들은 사람 중심으로 움직였습니다. 한 청소부는 병실에 걸린 그림들을 주기적으로 바꾼다고 했습니다. "그 일이 청소 업무에 포함되나요?"라는 질문에 그녀는 이렇게 말했습니다.

"그 일은 청소부의 일은 아닙니다. 그러나 나는 그런 사람이에요."

B그룹의 청소부들은 자신들이 하는 일에 의미를 부여하고 있었습니다. 그렇기에 더욱더 마음을 담아 일하게 된

것입니다. 더 놀라운 결과는 같은 병원에서 일하는 의사나 간호사 같은 전문가들보다 이들이 훨씬 더 행복했다는 사실입니다.

저는 제가 쓰고 있는 이 글도 누군가의 삶에 작은 도움이 되리라 상상을 하며 글을 씁니다. 그러면 조금 더 일이 즐겁고 행복한 것 같습니다. 지금 당신의 삶에 이 실험 결과를 한번 대입해 보면 어떨까요? 당신이 하고 있는 작은 일이 누군가를 행복하게 하는 일인지 생각해 봅시다. 상상력을 발휘해 당신이 하는 일로 인해 미소를 지을 사람들을 떠올려보세요. 그들은 당신에게 고마워하고 있을 겁니다.

하루에 하나씩 마음챙김 TO DO LIST

□ 도리도리 운동하기

□ 계단 걷기

□ 가 보지 않은 화장실 이용해 보기

□ 나로 살겠다고 말하기

□ 목표 세부 점검하기

□ 오늘의 기적 찾기

□ 칭찬수첩 만들기

□ 물건 제자리에 두기

□ 약점을 강점으로 바꾸는 확언

□ 무엇을 선택하든 행복한 삶 사는 법 배우기

Q. 어떤 분들에게 이 책을 추천하고 싶으신가요?

A. 변화하고 싶지만 방법을 모르는 사람들에게 추천하고
싶습니다. 요즘 왠지 모르게 지치고, 나이 들고 있다고
느낀다면 꼭 읽어보세요. 지금 이 순간 행복해지는 법을
알려드립니다.

Q. 이 책에서 가장 아끼는 문장을 꼽는다면요?

A. 당신은 이미 충분히 잘하고 있습니다.

Q. 작업하는 과정에서 가장 고민했던 지점은 무엇일까요?

A. 해주고 싶은 말이 많아 어떻게 전달하면 좋을지
고민했습니다. 최대한 쉽게 하루에 하나씩 실천해볼 수 있도록
만들었습니다. 이 책 내용 중 평생 함께 할 습관을 만난다면
행복할 것 같습니다. 오늘 내린 작은 선택이 당신의 미래를
멋지게 만들어갈 테니까요. 무엇보다 당신이 점점 자유롭게
사는 모습을 상상하며 기쁘게 글을 썼습니다.

Q. 이 책으로 작가님을 처음 알게 된 독자에게 해주고 싶은 이야기가 있다면요?

A. "살아가며 마음을 무겁게 만드는 감정들과 만나게 됩니다. 아무리 애를 써도 벗어날 수 없을 때도 있습니다. 이럴 때 어떻게 해야 할까요?"

저는 8년간 사람들과 만날 때마다 이런 질문을 받았습니다. 그래서 이 책을 썼습니다. 이 책에 나온 방법은 따라 하기 쉬우며 몸과 마음을 최상의 컨디션으로 만들어줍니다. 처음엔 쑥스럽고 어색하겠지만 꾸준히 실행한다면 당신의 삶은 기적처럼 바뀌어 있을 것입니다. 저는 이 책을 통해 당신이 좀 더 즐겁고 행복하길 바랍니다.

Q. 앞으로의 계획이 있을까요?

A. 지금까지 그랬던 것처럼 계속해서 마음을 바라보고, 그림을 그리고, 글을 쓰고, 사람들과 대화하며 살 것 같습니다. 네 아이들과 남편, 반려동물들과 함께 꽃과 나무, 달과 별, 바다와 하늘을 보는 시간을 늘리며 살고 싶습니다.

인생에 바람이 불어올 때 "살면서 어떤 문제를 겪게 되더라도, 최선의 해결책은 언제나 나 자신을 사랑하는 것이다."라는 루이스 헤이의 말을 기억하려고 합니다.

참고문헌

단행본

가바사와 시온 저(오시연 역), 《당신의 뇌는 최적화를 원한다》, 쌤앤파커스, 2018.

루이스 헤이 저(박정길 역), 《치유》, 나들목, 2012.

리사 펠드먼 배럿 저(최호영 역), 《감정은 어떻게 만들어지는가》, 생각연구소, 2017.

마쓰다 미쓰히로 저(우지형 역), 《청소력》, 나무한그루, 2007.

무라카미 하루키 저(유유정 역), 《상실의 시대》, 문학사상사, 2000.

브루노 콤비 저(이주영 역), 《하루 15분 낮잠 기술》, 황금부엉이, 2005.

사이쇼 히로시 저(최현숙 역), 《아침형 인간》, 한스미디어, 2003.

스티븐 코비 저(김경섭 역), 《성공하는 사람들의 7가지 습관》, 김영사, 2017.

정창영 역, 《바가바드 기타》, 무지개다리너머, 2019.

제이 셰티 저(이지연 역), 《수도자처럼 생각하기》, 다산초당, 2021.

조 디스펜자 저(편기욱 역), 《브레이킹, 당신이라는 습관을 깨라》, 샨티, 2021.

찰스 두히그 저(강주헌 역), 《습관의 힘》, 갤리온, 2012.

KBS 생로병사의 비밀 제작팀, 《걷기만 해도 병이 낫는다》, 비타북스, 2022.

틱낫한 저(진우기 역), 《틱낫한의 사랑 명상》, 한빛비즈, 2018.

팀 페리스 저(최원형, 윤춘송 역), 《나는 4시간만 일한다》, 다른상상, 2017.

팀 페리스 저(박선령, 정지현 역), 《타이탄의 도구들》, 토네이도, 2017.

혼다 켄 저(정혜주 역), 《돈과 인생의 진실》, 샘터사, 2017.

기사

강수연, "아침 공복, 따뜻한 물 한 잔의 놀라운 효과", 헬스조선, 2023. 2. 18.

김영섭, "반려동물이 뇌 건강, 장애 예방에 각각 좋은 이유", 코메디닷컴, 2022. 2. 25.

김용, "아침 물 한 잔이 주는 가장 중요한 몸의 변화", 코메디닷컴, 2022. 5. 11.

신현주, "아침에 일어나면 '기지개'부터 켜라… 왜?", 어린이조선일보, 2022. 8. 30.

유용하, "'멀티태스킹'이 치매 부른다? '넛지'가 행동을 악화시킨다?", 서울신문, 2020. 10. 29.

이슬비, "스트레스 받을 땐 '매운 떡볶이'… 효과 있다", 헬스조선, 2022. 6. 23.

최수아, "불면증 극복하는 법 10계명 중 내게 필요한 것은", 힐팁, 2021. 3. 25.

최서영, "기지개의 효과", 매경헬스, 2019. 8. 28.

최윤호, "간단한 팔굽혀펴기, 좋은 점이 이렇게 많아?", 한국아파트신문, 2022. 4. 16.

오늘부터 성장할 나에게

초판 1쇄 발행 2023년 05월 18일
초판 3쇄 발행 2023년 06월 15일

지은이 김새해
펴낸이 김상현

기획편집 전수현 김승민　　**디자인** 이현진
마케팅 송유경 김은주 조원희 김예은
경영지원 손성호 정주연 오한별

펴낸곳 (주)필름
등록번호 제2019-000002호　　**등록일자** 2019년 01월 08일
주소 서울시 영등포구 양평로30길 14, 세종앤까뮤스퀘어 907호
전화 070-8810-6304　　**팩스** 070-7614-8226
이메일 book@feelmgroup.com

필름출판사 '우리의 이야기는 영화다'

우리는 작가의 문체와 색을 온전하게 담아낼 수 있는 방법을 고민하며 책을 펴내고 있습니다.
스쳐가는 일상을 기록하는 당신의 시선 그리고 시선 속 삶의 풍경을 책에 상영하고 싶습니다.

홈페이지 feelmgroup.com　　**인스타그램** instagram.com/feelmbook

© 김새해, 2023

ISBN 979-11-982493-2-6(03810)

- 이 책 내용의 일부 또는 전부를 재사용하려면 반드시 필름출판사의 동의를 얻어야 합니다.
- 책값은 뒤표지에 있습니다. 잘못 만들어진 책은 구입처에서 교환해 드립니다.